アルパカ探偵、街をゆく

喜 多 喜 久

幻冬舎文庫

アルパカ探偵、街をゆく

目次

イラスト　げみ
本文デザイン　望月昭秀（NILSON）

第一話

アルパカ探偵、聖夜の幽霊を弔う

1

「サンタクロースって、ホントにいると思う？」

幼い頃、誰かからそう訊《き》かれるたび、中萩葵《なかはぎあおい》は首をかしげざるを得なかった。「もしかしたら、サンタクロースはいるのではないか？」と疑問を抱くこと自体が理解できなかったのだ。

小学校高学年になってから、葵は考えてみたことがある。果たして自分は、生まれてから一度でも、サンタクロースの実在を信じたことがあっただろうか、と。その答えはすぐに出た。そもそも「いる」と思ったことがない。

家族、教師、テレビを始めとするメディア……大半の大人は、子供にサンタクロースの存在を信じさせようとする。十二月二十四日の夜には、赤い衣装に身を包み、豊かな白ひげを蓄えた恰幅の良い老人が、トナカイが牽《ひ》く空飛ぶそりに乗って世界中の子供たちにプレゼントを届けて回るのだと、そう語って聞かせる。

だが、それらの説明には多くの不可解な点がある。

そりはどうやって空を飛ぶのか？　子供が欲しがっているプレゼントをどうやって突き止めるのか？　プレゼントを買うお金はどうしているのか？　どうやって家の中にこっそり入るのか？　たった一人で世界中を回れるのか？

幼い――おそらく、三歳か四歳頃の葵は、初めてサンタクロースの話を聞かされたその時に、それらの疑問にぶつかった。そして、自分なりに考えた結果、世間で言われているようなサンタクロースは、どうやっても存在し得ないという結論に達したのだった。

こうして、サンタクロースを信じそこねた葵ではあったが、しかし一方で、彼女には別種の不可思議な存在と遭遇した経験があった。

幽霊である。

2

「ねえねえ、アルパカ探偵の噂、知ってる？」

十二月十九日。金曜日の昼休み、けだるい空気が漂う教室で向かい合って弁当を食べている時に、ふいに鴨島雛子《かもじまひなこ》がそんなことを訊いてきた。

葵は箸《はし》を置き、眼鏡のブリッジを軽く押し上げて、「今、なんて言ったんですか？」と尋ね返した。

「ア・ル・パ・カ・た・ん・て・い」雛子は一音一音区切りながら言い、高校一年生にしては幼い笑みを浮かべた。「って言ったの！」

「……アルパカって、テレビのCMに出ている、首が長い、もこもこした動物のことですよね」

「そうそう。まさにそれだよ」と雛子は嬉しそうにフォークを前後に振る。それに合わせて、頭の左右でまとめた髪が軽く揺れていた。

「アルパカと探偵がどう結び付くんですか？」

「なんかね、悩みを抱えて街を歩いていると、どこからともなくアルパカが現れて、さらっと謎を解いてくれるんだって。だから、アルパカ探偵。あたしたちが住んでる比久奈《ひくな》市内で、目撃が相次いでるらしいよ」

葵は困惑した。彼女はどこまで本気で言っているのだろう。空想にもほどがあると笑い飛ばすべきかとも思ったが、「……アルパカは喋《しゃべ》れないですよね」と、葵は素朴かつ根本的な疑問を口にした。

「あれ？　そうだっけ。CMでは喋ってた気がしたけど」

「演出ではないでしょうか」と葵は静かに言った。

「あ、そっか。じゃあ、アルパカ探偵っていないのかなあ」

「常識的に考えればそうでしょう」

　葵がそう答えると、雛子は「……なんか、リアクションが薄いと思うんですけど」と口を尖らせた。「そういうのを期待してたんじゃないの。もっとあたしの話に乗ってきてほしかったの。もしくはキツめのツッコミを入れてほしかったの！　アルパカが喋れないことくらい知ってるし！」

「え、あの……」

「アントニオ猪木は言いました。『馬鹿になれ』と。葵ちゃんもたまには思いっきり馬鹿になって、殻を破ってあたしと打ち解けてみようよ！」

「はあ、馬鹿に……」葵は首をかしげた。「分かりました。努力してみます」

「それーっ！」雛子は葵を指差しながら、いきなり立ち上がった。「なんなの、『してみます』って。あたしたちが知り合ってから、もう八カ月以上経ってるの！　なのにどうして未だに敬語なのーっ！」

「すみません、昔からの癖なんです。だから気にしないでください」

「……冷たい」雛子はため息をついて、力なく椅子に腰を落とした。「冷たいよ、葵ちゃん。まるでドライアイスだよ、液体窒素だよ、絶対零度だよ。……私はこんなに、葵ちゃんのことが好きなのに」

「え、はあ、それはどうも……」

雛子から好きと言われるのはこれが初めてではない。むしろ、彼女の常套句《じょうとうく》と言ってもよかった。高校に入学した直後から、それこそ親鳥に付いて歩く雛のように、雛子は葵にべたべたとまとわりつき、「好きだ」「愛している」と口にするのである。

内気で友人を作るのが苦手だった葵は、誰かとそういう親しい付き合い方をしたことは一度もなかった。それゆえ、今でも雛子のテンションに付いていけずにいるが、いつも明るく、活動的な彼女のことを好ましく思っていた。だからこそ、こうして教室で一つの机を挟んで、毎日昼食を共にしているのである。

雛子はプチトマトをフォークで突き刺し、ぽいと口の中に放り込んだ。

「分かった。あたしからばっかり話を振るからうまくいかないんだ。ということで、今度は葵ちゃんの番。葵ちゃんも何か面白くて不思議な話、して」

「不思議な……」

ふと、微《かす》かな頭痛と共に、あるエピソードが思い浮かんできた。今から九年前の十二月二十四日——クリスマスイブの出来事だった。

ずっと心の片隅に引っ掛かってはいたが、誰かの前でその話をする機会はなかった。笑われるかもしれないと思うと、軽々《けいけい》に話す気にはなれなかったからだ。

だが、雛子になら、初めての友達になら、喋ってみてもいいのではないか。少なくとも、彼女ならちゃんと耳を傾けてくれるはずだ。

葵は背筋を伸ばし、深呼吸をしてから、「あの、この話は、私が実際に体験したことなんです」と切り出した。

「ほうほう、聞き手の興味を引き出す、いい入り方だよ」

「ありがとうございます。ですが、その時の私は小学一年生とまだ幼く、認識において何らかの齟齬《そご》があった可能性が否定できません。そのことを念頭に置いて、話を聞いてもらえますか」

「前置きが堅すぎるけど、いいでしょう、聞きましょう。さあ、どんとこい！」と雛子は腕を組んだ。

葵は記憶の糸を慎重にたどるように、ゆっくりと話し始めた。

「――あれは、クリスマスイブのことでした。その日の夜、私は幽霊を見た……のかもしれません」

葵の父、貞光健也《さだみつけんや》は、プロ野球選手だった。高校卒業後に東京ファルコンズというチームに入団し、ファルコンズ一筋でプレーしていたと聞いている。葵は野球のことをよく知らなかったが、健也は外野のレギュラーとして、連続試合出場記録を作るくらい活躍していたようだった。

健也は選手としては一流だったのかもしれないが、父親としては極めて淡白な人間であった。そもそも無口で、葵が話し掛けてもめったに返事をしなかったし、家でもストイックにトレーニングに励んでばかりいて、葵とどこかに遊びに行くということもなかった。毎年、年末には葵を含め、数人の親族を連れてハワイを訪れていたが、旅先でも健也は野球の練習を止めようとしなかった。休養ではなく、温暖な地での自主トレーニングこそが旅行の目的だったのだろう。

健也は、誰かの誕生日祝いや、節分の豆まき、ひな祭りや七夕などの、普通の家庭でやるようなイベントをことごとく無視していた。クリスマスも例外ではなく、他の大人たちと違い、健也だけは葵にサンタクロースを信じさせようともしなかったし、寝ている間に枕元にプレゼントを置くこともなかった。

ただ、その年の――九年前のクリスマスだけは違っていた。

深夜、いつものように自室で一人で眠っていた葵は、ふと物音を聞いて目を覚ました。ベッドから体を起こした葵が見たのは、テディベアを持って枕元に佇《たたず》む健也の姿だった。

どうしたのかと尋ねると、健也は気まずそうに視線を逸《そ》らした。

「……今夜はクリスマスだろう。さっきサンタクロースが来て、これを葵に渡せって」

ぼそぼそとそう言い、葵にテディベアを押し付けると、健也は逃げるように部屋を出て行ってしまったのだった。


「──ということがあったんです」

「ふーむ？」と雛子は首をかしげた。「お父さんが野球バカだったってことは分かったよ。でも、今の話のどこに幽霊の要素があったの？」

「……父が私の部屋にやってきたのは、日付が十二月二十五日に変わってすぐ──クリスマスイブの深夜のことでした。ただ、それはありえないことなんです。……なぜなら、父はその年の十二月二十四日に、事故で命を落としているんです」

「ちょ、急転開！」背もたれに体を預けていた雛子が、がばっと机に身を乗り出した。「葵ちゃんのお父さん、亡くなってたの？」

「ええ。そうなんです。タクシーに乗っていて、交差点で信号無視のトラックと衝突して、命を落としたと聞いています」

ごくり、と雛子が唾《つば》を飲み込む音が聞こえた。

「じゃ、じゃあ、テディベアを届けに来たのは……」

「はい。父の幽霊だったのかもしれません」

「確かに不思議な出来事だけどさぁ……」雛子は眉をひそめた。「お父さんが亡くなってるって聞いちゃうと、さすがに盛り上がりにくいよ……」

「気を遣ってくれてありがとうございます。でも、九年も前のことですし、今は現実として受け入れていますから」

「嘘とか強がりじゃない？　涙をこらえてない？」

「大丈夫です。……あの、今の話、どう思われましたか？」

「不謹慎な言い方かもしれないけど、面白かったよ、すごく。怪談っていうより、おとぎ話みたいな感じがした。怖くはなかった、全然」

「いえ、そういう意味ではなくて」と葵はため息をついた。「どうして記憶と事実が矛盾しているのか、自分でも不思議で……」

「ほう。その口調からすると、葵ちゃんは幽霊をガチで信じてるわけじゃなさそうだね。むしろ、疑ってかかってる。でも、それを否定できずにいる」

「ええ……」と葵は頷《うなず》いた。

「よし！　じゃあ、葵ちゃんを悩ませてるその矛盾、このあたしが解消してあげようじゃないの！　今の話で気になったところ、ガンガン訊いちゃうよ？」

「はい。お願いします」

「じゃ、まずは時間帯のことなんだけど。お父さんが亡くなったのは、葵ちゃんの部屋に来たあとだった、ってことはない？」

「……あくまで私の記憶ですが、テディベアを受け取ったあと、しばらく眠れなくて、部屋の時計を何度か見ました。正確には分かりませんが、父が来たのは午前一時とか、それくらいの時間帯だったと思います。一方、父が事故に遭ったのは午後九時過ぎでした。私は家にいて、家政婦さんと病院に行ったことを覚えていますから、順番が入れ替わっているということはありえないと思います」

「うーん、そっか。ていうか、家政婦さんなんていたんだ、葵ちゃん家《ち》」

「はい。豊永文江《とよながふみえ》さん、という方です。母は私が三歳の時に病気で亡くなっており、父は試合や遠征で家を空けることが多かったので、住み込みで家事全般を手伝ってもらっていたんです」

　葵の答えを聞いて、雛子は絶句した。

「……波瀾万丈すぎるよ、葵ちゃんの人生。お父さんと名字が違うのは、もしかして」

「ええ。父が亡くなったあと、母の姉夫婦が私を養子として引き取ってくれたんです。中萩という名字は、そちらのものです」

「やっぱ、そういうことか。……はーあ、あたし、また湿っぽいモードに突入しそう」

「あまりに幼かったので、ほとんど母のことは覚えていないんです。だから、気にせず話を進めてもらって大丈夫です」

「分かった。もうつべこべ言わない！ 検証再開だよ！」と言って、雛子は腕を組んだ。

「時間の勘違いじゃないとしたら、日付はどうかな」

「それも間違いはないかと。『最高のクリスマス』というテレビ番組をご存じですか？ 父からプレゼントをもらう前に、その番組を見た記憶があるんです」

「知ってる知ってる。いろんな俳優さんが視聴者にプレゼントを届けるアレね。毎年クリスマスイブにやってるよね」

「はい。その年に初めて見て、それからなんとなく、ずっとチェックしています」

「なんか見ちゃうよねー。ヤラセっぽいシーンが多くて、胡散臭い感じはあるんだけど、見るとなんだかんだで感動するんだよね。ウチの家族もみんな好きでさ、毎年欠かさず録画してて……って、それはどうでもよくって。とにかく、あの番組は、二十四日の夜七時スタートで、それはずっと変わってないよね。つまり、プレゼントをもらったのは二十四日の深夜、厳密に言うなら二十五日になった直後くらいで間違いない、と」

「私の記憶によれば、そうなります」と葵は頷いた。

「お父さんは、その番組を一緒に見てた？」

「いえ、リビングにはいませんでした。ずっと自宅のガレージにいたんじゃないかと思います。父は毎日、何時間もトレーニングをしていましたから」

「そっか。じゃあ、次の可能性。時間、日にちと来たら、次は年度だよね。前後の年とごっちゃになってるってことはない？」

「その年、私はインフルエンザで何日も寝込んでいて、二学期の終業式に出られなかったんです。他の年はそんなことはなかったので、記憶違いでなければ年度も合っていると思います。体調が回復した翌日に、プレゼントをもらったことを覚えていますし」

「へー、記憶力いいんだね、葵ちゃん」

「自分でも不思議なのですが、あの出来事が起こるまでの記憶は鮮明に残っているんです。逆に、事故後のことはほとんど覚えてないんですが……」

「記憶のメカニズムは複雑なんだろうねえ」しみじみとそう呟き、雛子は机に体を乗り出した。「ねえ、葵ちゃん。葵ちゃんって、お父さんのこと、好きだった？」

　唐突な質問に、葵は少し考えてから、「……よく覚えていませんが、苦手だった気がします」と正直に答えた。

「あんまりいい思い出はない感じ？」

「そう、ですね。父は野球のことしか考えていなかったようですし」

「でも、プレゼントを届けてくれたかもしれないんでしょ？」と雛子は笑顔で言った。「ねえ、葵ちゃん。その年のクリスマスイブのこと、一緒に調べてみない？」

「え？　でも、これは私の個人的な問題ですから……」

「あー、残念でした。あたしに喋っちゃった以上、もうこれはあたしたちの問題になっちゃったの。反論はナシだよ！」雛子は体を左右に揺らしながらそう言い、「ね、だから頑張ろ？」と小首をかしげてみせた。

「鴨島さんが興味があるというなら、ぜひお願いしたいと思いますが……」

「交渉成立だね！　やった、これであたしたちの絆《きずな》がぐーんと深まるよ！」

　自分一人で悩んでいても、おそらく永遠に矛盾は解消されないだろう。彼女の介入が真相究明のきっかけになるのでは――楽しげに食事を再開した雛子を見つめながら、葵はそう思うのだった。

3

その日の放課後。葵は雛子を連れて自宅に戻った。

「へえ、ここが葵ちゃんのおうちかあ」

玄関先で立ち止まり、雛子は興味深そうに辺りを見回している。

「何か、気になることがありますか？」

葵の自宅は二階建ての、普通の一軒家である。雛子は興味津々といった様子だが、特に見るべきところがあるとは思えなかった。

「ううん。ここで葵ちゃんが暮らしてるんだな、と思うと、なんかじーんと来ちゃって。また一歩、葵ちゃんに近づけた気がする」

「私も、鴨島さんを家に招くことができて嬉しいです。……きっかけがやや特殊ですが」

「そうそう、そうだった。亡くなったお父さんの話を聞きに来たんだった。お母さん、いるんでしょ？」

ええ、と葵が頷いた時、玄関ドアが開き、中からすらりと背の高い、壮年の女性が姿を見せた。葵の母――正確には養母――の聡美《さとみ》だった。

「いらっしゃい」と聡美は上品な笑顔で葵たちを出迎えた。「そちらの可愛いお嬢さんが、葵のお友達？」

「あ、はい。初めまして！　鴨島雛子といいます」ぺこりと雛子がお辞儀をした。「葵さんとは、いつも親しくさせてもらってます！」

「初めまして。母の聡美です。さ、上がって上がって」

自宅を見られる気恥ずかしさを感じながら、葵は雛子と共にリビングに向かった。

ダイニングテーブルに並んで座ると、ケーキとコーヒーを載せたトレイを持って、聡美が入ってきた。「あ、お構いなく！」と言いながらも、雛子は嬉しそうにそれを受け取った。

聡美が二人の向かいに腰を落ち着け、「健也さんのことを聞きたいんだって？」と切り出した。

「そうなの」と葵は神妙に頷いた。事前にメールで用件を伝えてあるが、詳細はまだだった。要点を押さえつつ、葵は自分の記憶に矛盾があることを聡美に説明した。

「あの年のことは、よく覚えてる。話すのは構わないけど……大丈夫？」

「うん。そろそろお父さんのこと、ちゃんと思い出してもいいかな、って」

「そう。じゃあ……」聡美は息をつき、ゆっくりと当日のことを語り始めた。「……二十四日の夜、九時半くらいかな。いきなり文江さんから電話がかかってきたの。『健也さんが事故に遭った』って、慌てた声で。それで、急いで病院に駆けつけたけど、私が到着した時には、健也さんはすでに息を引き取ってた。葵は霊安室の前の廊下で、テディベアを抱えてうつむいてたっけ……」

聡美の証言を聞いて、葵は首をかしげた。

「ねえ、お母さん。私はその時、テディベアを持ってたの？」

「そうよ」と聡美は迷う様子も見せずに頷いた。

その場面は記憶にはなかったが、今の話に出てきたテディベアは、間違いなく父から渡されたものだろう。似たようなぬいぐるみを他には持っていなかったはずだ。ということは、事故より前に健也からテディベアを贈られていたことになる。

やはり、単なる記憶違いだったのだろうか。

葵がその可能性を口にする前に、「少し、質問をしてもいいですか」と雛子が小さく手を挙げた。「健也さんはタクシーに乗っていて事故に遭われたそうですが、その時、どこに行こうとしていたんでしょうか」

「……確か、『東京駅に向かう途中だった』って文江さんは言っていた気がする」

「電車でどこかに行く予定があったんでしょうか。ちなみに当日の健也さんの行動は、どんな感じだったんですか？」

「聞いた話だけど、午前中は自宅にいたみたい。そのあと、午後から球団のイベントに参加してたはずよ。それが終わったあと、移動中に事故に遭ったって」

「イベントというのは？」と雛子が質問を重ねる。

「ファンとの集いだと思う。健也さんは毎年必ずそれに参加していたの」

「なるほど。いろんな人の目があるし、その時間、家にいなかったのは確実ですね。となると、午前中にプレゼントを受け取ったと考えるのが自然かな。……どう、葵ちゃん？」

「まるまる十二時間、勘違いしていたということですか？　でも、プレゼントをもらった時、私はベッドで寝ていました。部屋は真っ暗だったし、昼間とは考えにくいです」

「インフルエンザはもう治ってたんだよね？」

「ええ、昼間にも話しましたが、夜にテレビを見てましたから。当時、私の寝室にテレビはありませんでした」と葵は明言した。文江は、健也から葵のしつけを任されていたらしく、普段はほとんどテレビをつけようとはしなかった。だからこそ、あの夜に見た番組のことが強く印象に残っているのだ。

「あ、そっか。番組のことがあったんだ。……ねえ、確認なんだけど、お父さんが事故に遭ってから、葵ちゃんは病院に行ったんだよね。そのあとで自宅に戻ったの？　葵ちゃんの記憶が正しいのなら、二十四日の夜は家のベッドで寝てたことになるけど」

「それは……」葵はこめかみを押さえ、あの日のことを思い出そうとしたが、浮かんできたのは病院の暗い廊下だけだった。「よく、覚えていないんです」

「……文江さんにお願いして、葵を連れて帰ってもらったの。病院に来てからずっと、魂が抜けたみたいにぼんやりしてたから」と聡美がため息混じりに言った。「葬儀が終わって年が明けても、葵、ずっと塞ぎ込んでいたものね……。よほどショックだったんだと思う」

　聡美の呟きの残滓《ざんし》が消え、テーブルの上に、気詰まりな沈黙が落ちた。それを打ち破るように、「ちょっとまとめましょうか！」と雛子が明るく言った。

「葵ちゃんは、二十四日にしかやっていないテレビ番組を夜に見た。そのあと、お父さんが事故に遭った。で、病院から家に戻った。そして、夜中にお父さんからテディベアをもらった。――あ、お母さんが病院で目撃したテディベアのことは、いったん脇に置いておくことにしますね。葵ちゃん、記憶的にはそれで合ってる？」

「番組を見た日に、事故があった……」葵は目を閉じ、懸命に記憶を呼び起こそうとした。

「……少し、違和感がある気がします。でも、何が間違っているのかは……」

「無理に思い出さない方がいいんじゃない。忘れてる部分があるのは仕方ないでしょう」と、聡美が助け船を出した。「いっそのこと、文江さんに聞いてみたら？」

「文江さんに……」

「そう。何年も会ってないし、たまには顔を見せに行ったらいいんじゃない」

「それは名案ですね、お母さん！」と雛子が素早く反応する。「一緒に行こうよ、葵ちゃん」

「……でも、急に訪ねたら、迷惑になるかも」

「大丈夫よ。きっと喜んでくれる。連絡はしておくから、行ってきなさい」

聡美に強く言われては断れない。それに、他に手がかりはないのだ。葵はためらいを捨て、

「……うん」と頷いた。

4

二日後の日曜日。休日を利用して、葵は雛子と共に、井の頭線の三鷹台《みたかだい》駅に降り立った。

豊永文江は今も、家政婦として貞光家に通っていた当時と同じ家に住んでいるという。健也が生きていた頃、何度か文江の家を訪れたことがあったはずだが、駅の周りの景色に見覚えはなかった。

葵は事前に印刷してきた地図を見ながら、駅から続く長い坂道を登っていく。

「ねえ、葵ちゃん」坂を上がりきったところで、雛子が話し掛けてきた。「今年のクリスマスイブは、どんな風に過ごすつもり？」

「特に予定はありません。冬休みの宿題をしながら、家でのんびりします」

「そうなんだ。じゃあ、ウチに遊びに来ない？　二十四日の夜、近所に住んでる親戚が来て、ちょっとしたパーティをやるんだけど」

「お誘いいただきありがとうございます。少し、考えさせてもらえますか。父や母に聞いてみないと」

「真面目だなあ、葵ちゃんは。でも、そういうところ、とってもスキ！」

「ありがとうございます」

そんな話をしながら、葵たちは商店街を抜けた。地図を確認し、橋を渡ったところで玉川上水沿いの歩道に入る。

寒風に吹かれて揺れるサクラの枝を見上げながら進んでいく。変哲もない道端の植え込みや、まっすぐ続くブロック塀に、葵は懐かしさを感じていた。少し、昔のことを思い出し始めている。自分はいつか、この道を通ったのだ。今は亡き、父親と共に。

歩を進めるうちに、徐々に足が重くなっていく。楽しげに喋っていた雛子が、遅れ始めた葵を見て、「どうしたの？」と声を掛けた。

「あ、ごめんなさい……」

葵は我に返り、早足で雛子に追いついた。

「もしかして、家政婦さんに会いたくないの？」

出し抜けに投げ掛けられた問いに、葵はとっさに返事ができなかった。

「すごく怖い人だった？」

「……理不尽な怒り方をされたことはありません。でも、文江さんは規律に厳しい人でした。食事や挨拶、公共の場での立ち居振る舞い……私が間違いを犯すと、すかさずそれを直してくれました。そういう風にしつけるように、父から頼まれていたのだと思います」

「あー、それは確かに苦手意識が根付いちゃうかも」雛子は苦笑し、葵の手を優しく握った。

「大丈夫。もう葵ちゃんは立派なレディだよ」

「……ありがとうございます」

その温もりに勇気づけられ、葵は再び歩き出した。

しばらく進むと、生垣に囲まれた、二階建ての洋館が見えてきた。外観は、記憶の中のそれとほとんど変わっていない。違うのは、手を引いている相手が健也ではなく、雛子だということだ。

そのことに不思議な感慨を覚えながら、葵は門柱のチャイムを鳴らした。すぐに玄関ドアが開き、四十代くらいの大柄な男性が姿を見せた。

「やあ、いらっしゃい。中で母が待ってるよ」

男は朗らかに葵たちを出迎え、文江の息子の俊作《しゅんさく》だと名乗った。近くに住んでおり、時々母親の様子を見に来るのだという。

家の中に通され、靴を脱いで廊下に上がったところで、「ちらっと母に聞いたんだけど、君、貞光選手の娘さんなんだって？」と俊作が話し掛けてきた。

はい、と葵が頷くと、俊作は「そうかあ」と感慨深げに呟いた。

「父のことをご存じなんですか？」

「ご存じも何も、僕は昔、お父さんと同じチームにいたんだ」と俊作が胸を張る。「まあ、貞光さんは不動のレフトで、僕は一軍と二軍を行ったり来たりしてた、地味な中継ぎピッチャーだったけど」

「そうだったんですか」

「かなりお世話になっていたんだ、貞光さんには。恩返しじゃないけど、うちの母を家政婦として紹介したのは僕なんだよ。男手ひとつじゃ、何かと大変だろうから」

「はい。文江さんがいてくれたおかげで、とても助かりました」

「ウチの母は腕利きの家政婦で鳴らしてたからね。でも、大変だったんじゃない？　堅物で有名だったから。しつけが厳しすぎるって、子供の親からクレームがついたこともたくさんあったし」

「確かに、いろいろな面で、他のご家庭より制限は多かったかもしれません。でも、そのおかげで今の私があると思っています。とても感謝しています」

「そうか。それならいいんだ、うん」

嬉しそうに頷き、俊作は客間に葵たちを案内した。

「母さん。可愛いお客さんが来たよ」

八帖《じょう》ほどの洋間の中央、藤色のソファーに掛けていた女性が、ゆっくりと腰を上げた。

「……ずいぶん大きくなりましたね」

「ご無沙汰しています」と葵は会釈をした。

もう七十歳近いはずだが、文江から受ける印象は、以前とまったく変わっていなかった。さすがに多少しわや白髪が増えたが、背筋はぴんと伸びており、どんな些細な粗相も見逃さない、あの鋭い眼光は依然として健在だった。

葵は所作に充分な注意を払いながら、文江の向かいに雛子と並んで腰を下ろした。

「じゃあ、僕は席を外すよ。ごゆっくり」

そう言い残し、俊作が客間を出て行った。ドアが閉まるのを見届けて、「初めまして！」と雛子が元気よく言った。「鴨島雛子といいます。葵さんとは、親しくお付き合いさせてもらってます」

「ご丁寧にありがとうございます。豊永文江と申します。あなたのような、快活そうなお嬢さんがお友達でいてくれたら、きっと葵さんも学校生活が楽しくなると思います」

文江は淡々と雛子に礼を述べた。感情の起伏を表に出さないのも、家族以外には常に丁寧語というポリシーも昔と同じだった。

「恐縮です」と雛子ははにかんで、「実は、今日はぜひお伺いしたいことがあるんです」とすぐに本題を切り出した。

「なんでしょうか」

「あの、実は——」

葵は雛子に背中を押されるように、九年前のクリスマスイブに健也の幽霊を目撃した体験を、文江に説明した。

「あの年のこと……」

文江は長いため息を漏らし、膝《ひざ》の上で組み合わせた手に目を落とした。

「辛い過去を掘り返すみたいになってすみません」と雛子が頭を下げた。

「いえ、それは構いません。……葵さんは、どうなのですか」文江が葵に目を向けた。「昔のことを、知りたいと思っているのですか」

「……気にならないと言えば、嘘になります」

葵は文江に対する畏怖を振り払えないまま、そう答えた。

「そう。それなら、私の知っていることはすべて、包み隠さずにお話ししましょう。何を知りたいのですか」

「あたしから質問させてください」と雛子がすかさず言った。「葵ちゃんがお父さんから受け取ったテディベアは、本当に存在していたんですか」

「ええ、もちろんです」と文江は即答した。

「じゃあ、それを葵ちゃんが――」

質問しようとした雛子を遮って、「葵さん。あのテディベアを、今でも大切にしていますか」と文江が尋ねた。

「……すみません。中学生になるまで部屋に飾っていたんですが、今はもう……。私の部屋でボヤ騒ぎがあったんです。ストーブを倒してしまって……幸い、大ごとにはならなかったのですが、テディベアが焼けてしまって。もう、どうしようもなくて」

「……そうですか」と文江は嘆息した。

「あの、質問の続き、いいですか」雛子が遠慮がちに切り出した。「そのテディベアを葵ちゃんが受け取ったのは、いつのことだったんですか？」

「十二月、二十三日の夜です」

「えっ？」と葵は驚きの声を上げた。「それは、事故の前の晩ということですか」

「そうです。私が葵さんに直接渡しました。健也さんの知人から、『娘さんにあげてほしい』といただいたものです」

それは決定的な証言だった。

——やっぱり、あれは……自分の勘違いだったんだ。

黙ってうつむく葵の肩に、雛子がそっと手を置いた。

「よかったね、謎が解けて。ちょっと締まらない感じだけど、まあ、仕方ないよ。事故のショックがそれだけ大きかったんだよ」

「……そう、ですね」

「そういえば」と雛子が手を打った。「葵ちゃんのお父さんは、どうして東京駅に向かっていたんですか？」

「その日、健也さんはファルコンズの催しに参加していました。それが終わってから、新幹線で大阪に向かう予定になっていたからです」

「大阪に？」と雛子が首を捻った。

「ええ。トレードと言って、選手同士の交換で、健也さんは大阪の球団への移籍が決まっていました。その入団手続きのためです。ただ、正式発表前だったため、公にはなっていませんが」

「知ってた、葵ちゃん？」と雛子に尋ねられ、葵は首を横に振った。完全に初耳だった。養父母たちもその話はしていなかったので、ごく一部の人間しか知らなかったことなのだろう。

「でも、なんでわざわざクリスマスにそんな場を設定したんですかね」と雛子は憤慨したように言った。「手続きなんていつでもできるのに」

「日程を先延ばしにしたのは、健也さんの方だったと聞いています。ファルコンズ一筋の人でしたから、公になる前に、ファルコンズの選手としてファンと向き合いたかったのでしょう。イベントの翌日——十二月二十五日に会う約束をしたのは、わがままを聞いてくれた移籍先の球団への誠意だったに違いありません」

その誠実さが、結果的には最悪の事態に繋《つな》がってしまいました、と文江は眉根を寄せながら付け加えた。

健也がファンをとても大切にしていたこと、そして、社会人として誠意を尽くそうとしていたこと。それらはどちらも、初めて知る事実だった。

健也は一流の選手だったと聞いている。やろうと思えば、もっとわがままに振る舞うこともできたかもしれない。だが、健也はそうしなかった。まっすぐで、どこまでも野球を愛していたからこそ、最後まで真摯《しんし》に生きようとしたのだろう。

仕方なかったのだ、と葵は自分に言い聞かせた。それだけ野球が大切だったなら、家族を——娘をないがしろにしたのも当然だ。きっと健也は、二つのことを同時にこなせるほど器用な人間ではなかったのだ。

そして、葵は気づく。

自分が、健也の愛情を求め続けていたことに。

野球漬けの生活を送っていたが、天国に行く前にプレゼントを渡しに来てくれたのだから、健也は心のどこかでは自分のことを一番大切に思っていてくれたはずだ――そう信じ込むことで、父親に顧みられなかった幼い自分を慰めようとしていたのだ。

クリスマスの幽霊の謎を積極的に解こうとしなかったのは、父親との繋がりを否定するのが怖かったからだ。頭のどこかでは、ずっと前から気づいていた。あの夜に出会った健也が、ただの幻にすぎないことに――。

喉の奥が熱を帯びる。込み上げてきた感情があふれ、葵の頬《ほお》を一筋の涙が流れた。

「葵ちゃん……これ」

葵は雛子が差し出したハンカチを受け取り、幼い自分が求めていた幻想と決別するように、濡れた頬を強く拭った。

文江に挨拶をし、客間を出て玄関に向かおうとした時、「ちょっといいかな」と俊作に呼び止められた。

「ファルコンズのファン感謝祭、今年もクリスマスイブにやるんだ。もしよかったら来ないかい?」

興味を惹かれたのか、「それって、どんなことをするんですか」と雛子が葵より先に質問をした。

「イベントは二部構成なんだ。昼間は球場を開放して、野球教室やホームラン競争、それと紅白戦をやるよ。夕方からはホテルに場所を移して、食事をしながら選手やOBのトークショーを楽しんでもらって、そのあと、クイズ大会、チャリティーオークション、サイン会で締め、って感じかな。結構人気のイベントでね、毎年たくさんのファンが来てくれるよ」

「へえ、面白そうですね」

「それで、葵ちゃんには、第二部が始まる前に、ホテルの方に顔を出してもらいたいと思ってるんだ。貞光さんの娘さんがこんなに大きくなったんだって、ぜひチームのみんなに紹介したくてね。そのあと、時間があればイベントの方にも出席してもらってさ。どうかな?」

「いいじゃない!」葵が返事をする前に、雛子が笑顔で言った。「お父さんのこと、いろいろ分かったし、調査の締めくくりじゃないけど、せっかくだから参加してみたら? 学校は明日が終業式だし、特に問題ないでしょ?」

「でも、鴨島さんに誘ってもらったパーティが……」

「大丈夫。ウチのパーティは毎年やってるから。それに、葵ちゃんが望むなら、また別のパーティを開いちゃうし！　全然問題ないよ！」

「そうですか。それなら……」

健也が毎年欠かさず参加していたイベント。それがどういうものなのか、自分の目で確かめたい気持ちはあった。知らない人ばかりの中に飛び込むのは不安だったが、それでも葵はファルコンズのファン感謝祭への参加を承諾した。

5

十二月二十四日、午後五時前。葵は俊作に指定されたホテル、日本青道館《せいどうかん》に一人でやってきた。

日本青道館は、大きさの違う赤茶けた二つの箱を横に並べたような形をしており、背が低い方の壁には、ホテルらしくないその名前が、金属製の箱文字で堂々と掲げられている。

ロビーに入ると、野球のユニフォームに身を包んだ人々が行き交う姿が目についた。ファン感謝祭の第一部は、ここから徒歩数分のところにある球場で開かれていた。それが終わり、こちらに移動してきたのだろう。

フロントで用件を告げると、すぐに俊作が葵を迎えにやってきた。

「やあ、わざわざありがとう。じゃあ、さっそく控室に案内するよ」

俊作と共にエレベーターに乗り込み、五階に上がる。

「豊永さんは、今もファルコンズでプレーされているんですか？」

エレベーターを降りたところで、葵は俊作に尋ねた。

「いや、僕は今は二軍の投手コーチをやってる。肩を故障してしまってね。ずいぶん前に引退したんだ。葵ちゃんは、野球は見ないのかな」

「……すみません」と葵は頭を下げた。

「いや、いいんだ。若い女の子で熱心なファンは少ないしね。親御さんの影響でファンになったりする子はいるけど……あ、いや、ごめん」

咳払いをして、俊作は気まずそうに目を逸らした。

「父が存命だったとしても……」口から、自然に言葉がこぼれていた。「私はたぶん、野球を好きになっていなかったと思います」

「……それは、どうして？」

「父は、すべてを野球に懸けていました。家にいる時もトレーニングばかりでしたし、食事も特別なものを食べていたことを覚えています。あれほどまでに何もかもを犠牲にしなければならないと知ってしまうと、無邪気に試合を見ることは、とても……。だから、私は結局父の応援に行かなかったんです。それに、父もそれを望んでいなかったようです。一度だけ、文江さんが観戦を申し出てくれたことがあったんですが、気が散るから来なくていいと」

「照れ隠しだったのかもね」廊下を歩きながら、俊作は鼻の頭を掻《か》いた。「……家族を顧みなかったお父さんを、恨んでるかい？」

「……そんなことはないです。家族のために頑張っていたんだと、そう信じていますから」

「信じている、か。……貞光さんは口下手だったし、愛情表現も苦手だったんだろうね。でも、きっと葵ちゃんのことを、一番大切に考えていたと思うよ。きっとね」俊作は笑顔を浮かべて、会議室と書かれたドアを開けた。「さ、どうぞ」

部屋に入ると、中で談笑していた数人の男性が、一斉に葵に目を向けた。

顎《あご》ひげを生やした、二メートルはあろうかという中年の男が立ち上がり、葵の目の前に立った。見下ろされると、自然と体がすくんだ。

「あの……」

「目元とか、面影あるなあ」

男はのんびりした口調で言い、山川《やまかわ》と名乗った。元外野手で、今は野球解説者としてテレビやラジオに出ているのだという。

「健也さんは俺の一つ上でね。入団した時からずっとお世話になってきたし、見習うことが本当に多かったよ。俺が四十歳近くまでプレーできたのは、健也さんという、最高のお手本が近くにいたおかげだと思ってる」

山川はそう語り、目尻に浮かんだ涙を太い指で拭った。

山川に続き、部屋にいた男たちが次々に葵に話し掛けてきた。みな、健也から大いに影響を受けたのだと語り、まるで神仏に感謝をするように、口々に葵に「ありがとう」を投げ掛けた。

大の大人に繰り返し頭を下げられ、葵は困惑からうまく返事ができずにいたが、彼らの表情から、それがおべんちゃらではない、心からの言葉であることが窺《うかが》い知れた。

周囲から頼られ、手本として注目されたために、ますます健也は野球にのめり込んだのか、それとも、他人からどう思われようが、ただひたすら我が道を行こうとしていたのか、それは分からない。だが、父親の生き方が、多くの人間に愛されていたのは間違いないようだ。

そう思うと、心がじんわりと温かくなった。

葵への挨拶が一段落すると、「昔の写真を持ってきたよ」と山川が古ぼけたアルバムを葵に差し出した。アルバムを開いてぱらぱらとめくってみる。どうやらそれらは、ファルコンズのファン感謝祭を撮影した写真らしかった。

その中の一枚に、サンタクロースの格好をした健也の姿を見つけ、葵は「これは？」と山川に尋ねた。

「ああ、これ。懐かしいなあ。健也さん、ファン感謝祭ではいつも、サンタクロース役を務めてたんだよなあ」

「サンタクロース？」

「そう。イベントに来てくれた客席の子供たちにプレゼントを投げるんだ。健也さんは強肩だったから、間違いなく遠くの席まで届くってことで、自ら立候補したんだよ」

「そうだったんですか……」

「家ではこういう格好はしなかったの？　クリスマスに」

一度もありませんでした、と葵は首を振った。

「ああ、そうか」と山川が手を打った。「健也さんは毎年、二十四日のイベントのあとはスポンサーのお偉いさんと飲みに行って、そのまま朝帰りってパターンだったからなあ。健也さんはほら、球団の顔だったから、断るわけにはいかなくてね。仕方なかったんだよ。あんまり健也さんを恨まないであげてくれよ。健也さんも気にしてたみたいだから」

「そうなんですか？」

「うん。……最後のファン感謝祭で会った時に、健也さん言ってたよ。『自分の子供にプレゼントを渡すのは難しいな』ってさ。たぶん、あの人なりに、君に何かを贈ろうとしていたんじゃないかなあ」

山川が語った健也の意外な一面に、葵はやるせなさを感じた。

健也が関西の球団に移籍していたら、イベントへの参加義務が消え、翌年からはクリスマスを共に過ごすことができたかもしれない。だが、移籍が決まったからこそ、結果的に健也は事故に遭ってしまった。皮肉な話だった。

きっと自分は、「サンタクロースがプレゼントを届けてくれる」という幻想を父親と共有できない運命にあったのだろう。葵はそう結論づけることで、自分を強引に納得させた。

6

「──あ、ここで大丈夫です。もう、すぐそこなので」

「そう？　じゃ、停めるよ」

「今日はどうも、ありがとうございました」

車を降り、運転席側に回ってから、葵は俊作に礼を言った。

「イベント、楽しんでもらえたかな？」

はい、と葵は頷いた。ファルコンズのファン感謝祭に参加してよかったと、心の底から思っていた。健也を慕っていた人たちに会えたこと、そして、ファルコンズというチームが、どれほどファンを大切にしているかを知れたこと。選手としての健也の偉大さを実感できたことは、自分にとって大きなプラスになると、葵は信じていた。

「喜んでもらえたようでなによりだよ。でも、こんな特別な日に、呼び出しちゃってごめんね」

雛子からパーティに誘われていたことを思い出し、少し切なさを覚えたが、葵は「いいんです」と笑顔で言った。「両親も、行ってきなさいと送り出してくれましたから」

「そっか。じゃあ、気を付けて帰ってね。また、母に会いに来てよ。あの、元気なお友達と一緒にさ」

俊作はそう言い、クラクションをぱんっ、と鳴らして走り去った。

一人になると、急に夜の寒さが身に沁みた。もう午後九時過ぎだ。予定を伝えてあるとはいえ、あまり遅くなると両親が心配する。葵はマフラーをしっかり首に巻き、自宅へと続く路地に足を向けた。

辺りはしんと静まり返っている。空気は澄み、夜空はどこまでも晴れ、星々がまばゆいほどに瞬いていた。聖夜だからだろうか、何か神々しいものが自分を見守ってくれているような気がした。

その時、葵は足音を聞いて立ち止まった。

前方から、誰かがこちらに向かってきている。

魅入られたかのようにその場から動けずにいると、数メートル先の街灯の光の下に、ふっと二つの影が現れた。

葵は我が目を疑った。

光の中に、一頭の真っ白なアルパカが佇んでいた。

アルパカは黒い大きな瞳で葵をじっと見つめている。もこもことした白い毛で全身が覆われており、その長い首の中ほどには、翼を広げた鳥をかたどったような、勲章に似た金色の飾りがついている。

そこから伸びた細い黒のベルトを目でたどり、葵は思わず声を上げそうになった。アルパカの隣に、奇妙な格好をした人影が寄り添っていた。全身をすっぽり包む黒のローブに、顔を覆い隠すフード。その姿はまるで魔法使いだ。

「――実に素晴らしい聖夜だと思わないかね」

出し抜けに、威厳のある低い声で、アルパカがそう言った。

いや、そんなはずはない。確かに言葉に合わせてアルパカが口をもごもごさせていたが、喋ったのは隣にいる黒ずくめの男に決まっている。

そう頭で理解していたのに、なぜか葵は、アルパカに向かって、「あなたはどなたですか」と尋ねていた。

「私はランスロット」

堂々とした名乗りだった。「ああ、立派な名前だな」とすんなり葵は受け入れた。その声には、それだけの力強さがあった。

そこでアルパカは、隣に佇む男に目を向けた。

「ちなみに、この男には名前はない。私に仕えている従者だ」

男は何の反応も見せずに、黙って革のベルトを摑《つか》んでいる。

「無口な男だが、とびきりの善人でもある。まかり間違っても、君に危害を加えるようなことはない。安心したまえ」

「はあ、そうなんですか……」

「時に君、寒くはないかね」

「は、はい、大丈夫です。コートの下に何枚も着ていますから」

「寒ければ、遠慮なく申し出てくれ。私の温もりを分けてあげよう」

確かに、ランスロットはいかにも暖かそうな、長い毛のコートに身を包んでいる。そのふわふわした首筋に抱きついたら、さぞかし気持ちいいだろう……。

いや、そんなはしたない真似はダメだ。心に浮かんだ想像を振り払い、葵は尋ねた。

「どうして、ランスロットさんはこんな街中に？」

「ふむ。真っ当な質問だ。私は動物園で飼われているわけでも、アルパカ牧場で同胞たちと仲良く暮らしているわけでもない。探偵を生業《なりわい》としているのだ。芳《かぐわ》しき謎の気配を感じたので、こうしてやってきたというわけだ」

「探偵……」

その説明で、葵は数日前に雛子から聞いた噂話を思い出した。——悩みを抱えて街を歩いていると、どこからともなくアルパカが現れて、さらっと謎を解いてくれるんだって——。

「では、あなたがアルパカ探偵さん……？」

「いかにも」とランスロットが重々しく頷く。「君を悩ませている問題を、遠慮なく私に打ち明けたまえ。見返りは何もいらない。貴族が下々の者に手を差し伸べるのは当然のことだからな」

「えっ、貴族なんですか？」

「中世から連綿と続く血筋のな」ランスロットは両耳をぴこぴこと動かしてみせた。「さあ、話してみてくれないか」

自分は夢を見ているのだろうか。葵は現実感を欠いたまま、健也の幽霊を目撃した話をランスロットに語った。

「――記憶が混ざってしまったのだろうと、家政婦の文江さんは言いました。たぶん、そうなんだろうと思います。……すみません、こんなくだらない話をしてしまって」

葵が話し終えると、ランスロットは「ふぇ〜」と、ため息とも鳴き声ともつかない声を漏らした。

「人間というのは、実に不思議な生き物だ。嘘をついたり隠し事をしたりと、様々な手段で成り行きに抗おうとする。正直にすべてを打ち明けた方が、ずっと簡単だというのに、だ。……まったくもって、愛すべき存在だな」

むしろアルパカの方がずっと不思議で愛すべき生き物だと思ったが、葵は「はあ」と気の抜けた相槌を打った。

「最初に言っておこう」ランスロットが右前脚を軽く持ち上げ、器用に葵を指した。「君の記憶は、おそらく正しい」

「え？」

「父親は、ベッドで眠る君にテディベアを届けに来たのだ。そう、まるで本物のサンタクロースのように」

「でも、それだと矛盾が生じてしまいます。私の父は、十二月二十四日の夜に、事故に遭ったんです」

「ふむ。確かに、それは他者も認識している動かしがたい事実だ。そして、病院を訪れた時には、すでに君の腕の中にテディベアはあった。となれば、論理的に導かれる推理は一つだ。君が父親からテディベアを受け取ったのは、十二月二十三日の夜だったのだ」

「二十三日？　しかし、私には、クリスマスイブにしか放送されない番組を見たという記憶が……」

「そこに作為があったとは考えられないかね？　君が見た特別番組は、別の年に放送されたものだった。知人か誰かが録画をしたものを借り、再生したのだ——そう考えてみてはどうだろう」

録画——葵は反論できずにいた。『最高のクリスマス』を見たのは、あの年が初めてだった。前年のものがテレビに映っていたとしても、気づかなかっただろう。

「……では、文江さんが私を騙していたということですか」

ランスロットはその問いを無視して、急に辺りを見回し始めた。どうしたのだろう、と思って見つめていると、ランスロットは我に返ったように首を振り、真ん中で二つに割れた上唇をもにもにと動かした。

「おお、これは失礼。つい、道端に草が生えていないか探してしまった。推理を披露していると、どうにも腹が空くのでな」

「そ、そうなんですか。あの、それで、さっきの私の質問なんですが……」

「ええと、なんだったかな」とランスロットが首をかしげる。

「家政婦さんが、まだ二十三日なのに、まるで二十四日であるかのように振る舞うことで、私を欺こうとしていた可能性についてです」

「そうそう、その話だ。思い出してみたまえ。その数日前、君はインフルエンザに罹《かか》り、高熱を出して寝込んでしまったのだろう？」

「ええ、そうです」

「だから、日付をずらすトリックが使えたわけだよ」

確かに、あの時、自分は何日間も寝てばかりの生活をしていた。昼も夜も分からない状態で、そもそもカレンダーを気にする余裕もなかった。たとえ日付がずれていたとしても、何の疑問も持たなかっただろう。

「父と文江さんは共謀していたということですか」

「おそらくはな。君が高熱でずっと寝込んでいるのを見て、家政婦が提案したのではないかな。『この状況なら、二十三日を二十四日と思わせられますよ』と」

「しかし、ずらした日付をどう元に戻すんですか？　子供だから細かいことはごまかせると思ったのでしょうか。それとも、また私が病気になるのを待つつもりだったのでしょうか」

尋ねたが返事がない。見ると、ランスロットは長い首を下げ、アスファルトに鼻先をすり寄せていた。匂いが気になるのだろうか。

「あ、あの……」

葵がおずおずと声を掛けると、ランスロットはゆっくりと頭を持ち上げた。

「地面から冷気が立ちのぼってくるかのようだ。私は平気だが、人間にはこの寒さはさぞかしこたえることだろう。生存本能が、暖かい土地を求めさせるのだろうな」

「はあ……」と葵は首を捻った。

「君は、その年の年末を海外で過ごす予定だった。違うかね？」

「え、ええ、そうですけど……」

「ならば、渡航により日付のずれは解消できたはずだ。日付変更線を越えたその瞬間に」

「あっ……」

その瞬間、事故の前年にハワイの飲食店で健也と交わした会話が、まざまざと葵の脳裏に蘇った。

——あれ？　お父さん、日にちが間違ってるよ。

壁に掛かった日めくりカレンダーを見てそう指摘した葵に、健也は「いや、これでいいんだ」と答えた。「日本からハワイに行く時に日付変更線をまたぐ。そのせいで、日本を出発した時間より、前の時間に戻ってしまうんだ」

健也はぼそぼそと説明し、「葵にはまだ、難しいか」と付け加えた。理屈は理解できなかったが、それ以上質問を重ねることなく、「そういうものなのだ」と受け入れたことを、葵はよく覚えている。

今なら、健也の説明の意味は分かる。ハワイと日本との時差は十九時間。フライト時間が七時間程度なので、日本を出発した時刻と、ハワイに到着した時刻には、マイナス十二時間の差が生じることになる。

あの年も、葵たちはハワイを訪れることになっていた。その時、自分がまだ一日ずれた世界にいたとしたら。十二月三十日の午後八時——実際には、二十九日の午後八時——に日本を出発すれば、ハワイには二十九日の午前八時に着く。丸一日以上戻ってしまうのだ。仕組みを正しく理解していればおかしいと感じただろう。だが、当時の幼い葵は、「ハワイに行くと時間が戻る」と思っていた。その認識を利用すれば、偽のクリスマスを作り出したトリックを打ち消すことができたはずだ。

葵がその結論にたどり着いたのを見計らったように、「しかし、その方法は、実際には使われなかった」とランスロットが東の夜空を見上げた。

「ええ……父の事故がありましたから。海外旅行どころではありませんでした」

「ふむ。日付のずれが解消される機会はなかったはずだが、君は違和感を抱かなかった。それだけ父親の死のショックが大きかったということなのだろう」

「はい……。きっと、そうなんだと思います」

葵はその推理に納得していた。だが、分からないことがまだ残っている。

「……教えてください。二人はなぜ、クリスマスイブにこだわっていたのでしょうか。日付をずらしてまで、その日にプレゼントを渡そうとしたのはなぜなのでしょうか」

「そう。『なぜ』が一番の問題だ」ランスロットはまるで笑うかのように、唇の両端をにっと持ち上げてみせた。「君はどう思う？」

「それは……」

ちらりと心をよぎった、ある可能性。

でも、まさか、そんなはずは……。

葵は浮かんだ答えを吹き消すように、小さく嘆息した。

「……いたずらのつもりだったのでしょうか」

「なぜ、思ったままを素直に口にしないのかね」ランスロットが、悲しげに目を伏せた。

「君が先日会った時に、家政婦は、『二十三日に自分がプレゼントを渡した』と嘘をついた。

おそらく、亡くなった君の父親に義理立てしてのことだろう。故人の名誉のために、事の真相を話すべきではないと判断したのだ。逆に言えば、隠さなければならないような動機があったということではないかな」

「え？　じゃあ、父は……」

ランスロットが大きく頷いた。

「そうだ。トリックを弄した動機。端的に言えば、それは照れ隠しだったのだ」

「照れ隠し……」

「君の父親は、次の年から関西の球団に移籍することになっていた。ただでさえ、家族を顧みることのない生活を送っているのに、さらに君と過ごす時間が減る。だから、自分の手で何か形になるものを贈りたかったのだよ。しかし、なんでもない日に面と向かってプレゼントを渡すのは憚《はばか》られる。ゆえに、偽のクリスマスイブを作り出したのだ。クリスマスプレゼントという体裁を取ることで、気恥ずかしさを軽減しようとしたのだろう」

「……それなら、別に二十三日に手渡してもよかったんじゃないでしょうか」

「君の言う通りだ。何日か前後しても、『クリスマスプレゼント』と称することはできただろう。球団のイベントや大阪への移動のために二十四日の夜を不在にせざるを得ない、という事情を説明すれば済む話だ。あるいは、家政婦に頼んで渡してもらうという手もあった。

だが、君の父親はクリスマスイブの夜に、自らプレゼントを贈ることにこだわった。……きっと、一度くらいはサンタクロースの真似をしてみたかったのだろう。普通の父親がそうするように」

「そう、だったんですね……」

テディベアを捨ててしまったことを告げた時の、文江の切なげな表情が蘇り、葵は心痛を覚えた。知らなかったとはいえ、自分は取り返しのつかないことをしてしまった。焼け焦げ、見る影もなくなってしまっても、あのテディベアは二つとない、特別なものだったのだ。

——ごめんね、お父さん。何も気づけなくて。お父さんは、どうしても、私にプレゼントを手渡したかったんだね……。

葵は目をつむり、心の中で健也に詫びた。

ずっと勘違いしていた。健也は自分を無視していたわけではなかった。とても不器用で、恥ずかしがり屋なだけだったのだ。

愛情表現は苦手だったかもしれないが、心の中では自分のことを想っていてくれた。——きっと、自分が生まれたその日から、亡くなる直前まで。

「……いろいろと、思うところがあるようだな」ランスロットは穏やかな表情で葵を見つめていた。「真実を知るということは、時に痛みを伴うものだ。だが、君はもう子供ではない。

立派に成長した、自立した人間だ。受け入れたまえ。聖夜の幽霊にまつわるすべての事実を」

「……はい」

口元に力を込め、葵は大きく頷いた。

「うむ。素直でよろしい。では、そんな君に、私からクリスマスプレゼントを贈ろう」

ランスロットが蹄《ひづめ》でアスファルトを軽く叩くと、完全に気配を消していた従者の男が、薄桃色の布袋を葵に差し出した。

枕ほどの大きさのそれを受け取る。軽く、柔らかいものが入っているようだ。

「遠慮せずに開けてみたまえ」

促され、葵は袋の口を縛っている紐《ひも》をほどいた。白くてふわふわした毛が見えた。

「これは……」

取り出してみると、それは真っ白なアルパカのぬいぐるみだった。

「私の毛で作ったものだ。眠れぬ夜もあるだろう。そんな時には抱いて眠るといい。そして、悲しい時には、心が晴れるまで存分にもふもふするといい」

「……ありがとうございます」

自然と笑みがこぼれた。ぬいぐるみは触れているだけで暖かく、まるでアルパカの赤ちゃんを抱いているような、そんな穏やかな気分にさせてくれた。

「それと、もう一つ」そこでタイミングよく、従者の男がまた袋を差し出した。「こちらにはマフラーが入っている。無論、私の毛で作ったものだ。君の愛すべき友人に渡すといい。さあ、受け取りたまえ」

葵が羽のように軽い布袋を受け取ると、ランスロットは満足げに「ふぇ〜」と鳴いた。

「これにて大団円であるな。では、我々はこれで。何かあれば、いつでも駆けつけよう」

ランスロットがくるりと葵にお尻を向けた。

「本当に、ありがとうございました」

葵は心からの感謝の言葉と共に、もふもふでボリューミーなシルエットと、それに寄り添う黒い影が闇の中に消えていくのを見送った。

ぬいぐるみを抱えてしばらく呆然としていた葵は、背後から駆けてくる足音ではっと我に返った。

「おーい、葵ちゃーん！」

聞こえた声に振り返ると、白い息を吐きながら走ってくる雛子の姿が目に飛び込んできた。

「鴨島さん。どうしてここに」

「そろそろ家に帰ってるかな、と思って」と雛子は微笑んだ。「サプライズでおうち訪問したかったから、わざと連絡しなかったの。家の近くでばったり会えるなんて、素敵なハプニングだね！」

「そうですね」と笑みを返し、葵は持っていた水色の布袋を雛子に差し出した。

「え、え、なにこれなにこれ。もしかして、クリスマスプレゼント？」

「はい。開けてみてください」

雛子は目を輝かせながらマフラーを取り出すと、それを首に巻き、「うわー、超あったかーい！」と叫んだ。

「よかったです。でも、それは私が買ったんじゃなくて、鴨島さんにどうぞと、ある方から渡されたものなんです」

「え？　そうなんだ。あ、分かった、あの人でしょう。家政婦さんの息子さん」

「いえ、違うんです」

葵は首を振り、胸に抱えていたアルパカのぬいぐるみを雛子に見せた。

「ん？　これって……アルパカじゃん！」

「ええ。……クリスマスの幽霊の謎は解けたんですが、また不思議な謎に出会ってしまいました」

葵は微笑んで、ランスロットが立ち去った路地の先に目を向けた。

「えー、なにそれ、めちゃくちゃ気になるんですけど！」

「寒いですし、私の家に行きましょうか。もしよければ、ゆっくりお話ししますよ」

「わーい、やったーっ！」雛子は万歳をし、その姿勢で固まった。「……やばい。あたしプレゼント持ってきてない」

「大丈夫です。プレゼントなら、もうもらいました」

「え？」

「雛子さんが来てくれたことが、何よりのプレゼントですから」

「ぎゃー！　そんなイケメンみたいなセリフ、さらっと言っちゃって！」雛子は笑いながら葵の手を握り、ん？　と首をかしげた。「今、名前で呼んだ？」

「……はい。いけませんでしたか？」

雛子はぱちぱちと何度か瞬きをしてから、にっこりと笑った。

「……ううん、最高。最高のクリスマスプレゼントだよ、葵ちゃん！」

第二話

アルパカ探偵、奇跡の猫を愛でる

1

物音を耳にした気がして、山瀬《やませ》圭吾《けいご》は数学の問題集を解く手を止めた。シャープペンシルを机に置き、椅子に掛けたまま耳を澄ませる。気のせいではなかった。かり、かりと、断続的に何かを引っ掻《か》く音が聞こえてくる。

机の上の置き時計は、午後五時二分を指していた。父親も母親も共働きで、早くとも午後六時にならなければ帰ってこない。つまり、物音の犯人は……。

「またかよ……」

呟いて立ち上がり、圭吾は自室を出て一階に向かった。

ドアを押し開けて居間に入ると、庭に出るガラス戸のところに白い背中が見えた。飼い猫のコユキが爪を立て、ガラス戸のアルミサッシを懸命に引き開けようとしている。

「どうしたんだよ、コユキ」

声を掛けると、コユキはゆっくりと振り返った。ピンクの右目と青い左目、オッドアイと呼ばれる、異なる二色の瞳で圭吾を見つめ、「なーう」と鳴く。見てないで手伝えよ、とその目が言っていた。

「外に出たいのか？　悪いけど、無理だよ。母さんに怒られる」

圭吾はそう言って、コユキを抱き上げた。

母の美里《みさと》はコユキに対して非常に過保護で、子猫の頃から五歳を迎えようとしている今日まで、ずっと家の中で飼ってきた。

「コユキは全身真っ白で、目の色はピンクと青。芸術品みたいに美しいんだから、不届き者が連れ帰らないとも限らないでしょ！　だから外に出しちゃダメ！」というのが美里の主張で、父の優作《ゆうさく》も圭吾も、「それはさすがに杞憂だろう」と思っていたが、猫はすべからく外で遊ばせるべきだという強いポリシーがあるわけでもないので、特に異論を唱えることはしなかった。ゆえに、山瀬家ではコユキを外に出すことはないのである。

美里の愛情を察したのかどうかは分からないが、これまではコユキも別に外に出たがったりはしなかった。ところが、昨日からコユキの様子が変だった。朝から晩までガラス戸の前に座り、「外に出してくれ」と言うように、繰り返しサッシを引っ掻くようになったのである。

だが、美里の意向は何より強い。コユキがどれだけ主張しても、美里の許可なく外に出すわけにはいかない。

要求に応えられない代わりにサービスをと思い、圭吾はコユキ専用の小物が入っているプラスチックのカゴからブラシを取り出した。

コユキが顔を上げ、「ふん、そんなもの」と視線を逸らす。圭吾は彼女のそばに座り、ブラシで丁寧にコユキの背中を撫《な》でてやった。

最初はぶすっとしていたコユキだったが、ブラシが何度も往復するうちに徐々に目がとろんとしていき、やがて両脚を伸ばして床に寝そべった。だいぶリラックスしているようだ。ブラシのマッサージは、母猫の舌の感触に似ているらしい。ゴロゴロと小さく喉を鳴らしている。

「外の世界に憧れるのは分かるけど、家の中が一番だぞ」

そう声を掛けてやると、コユキは床に投げ出していた尻尾をぱたぱたと左右に揺らした。はいはい、分かりましたよ——そう言っているように見えた。

だが、それがまったくの勘違いだったと、圭吾は翌日の早朝に知ることになる。

2

一時限目が終わり、圭吾が机に突っ伏してうつらうつらしていると、「大丈夫?」と声を掛けられた。

顔を上げると、クラスメイトの田野《たの》がこちらを見下ろしていた。平均よりやや太い、くっきりした彼の眉毛は、見事な八の字を描いている。

圭吾は体を起こし、頭を掻いた。

「大丈夫って、何が？」

「なんだか疲れてるみたいだからさ。朝も遅刻ギリギリだったし、山瀬くんのそういうの、ちょっと記憶になかったから」

「……そう言われてみればそうかな」

高校に入学して一年と六カ月と少し。これまでに一度も遅刻したことはない。

「なにかあったの？」

田野は真剣な表情で尋ねてきた。彼は困っている人間を放置できない性質なのか、誰彼なく話し掛けては、丸い目を大きく見開き、「それはこうしたらいいよ」とアドバイスするのが常だった。あるいは、市会議員を務めているという父親の影響もあるのかもしれない。

普段はさほど親しく付き合っていない相手だが、今は少しでも協力者を募りたい。圭吾は「まあ座ったら」と近くの空いた椅子を彼に勧めた。

「実は、朝っぱらから街じゅうを歩き回ってさ。それでぐったりしてたんだ」

「何のために？」

「猫だよ」圭吾はため息をこぼした。「ウチで飼ってるメスの白猫が逃げ出しちゃったんだ」

事件が起こったのは、今朝六時頃。目撃者かつ当事者である父の話を再現すると、以下のようになる。

出張のため、優作は普段より早起きし、身支度を整えて家を出ようとしていた。何気なくドアを開けた時、ふくらはぎの辺りに何か柔らかいものが触れた。おや、とドアを押さえたまま目を落とすと、白い綿のようなものが視界の隅を掠めていったのだという。

その正体に気づいた時には、もう手遅れだった。コユキは庭に植えられている柿の木をうまく利用してブロック塀に飛び乗り、「じゃあね」というように振り返ってひと鳴きすると、そのまま塀の向こうへと飛び降りてしまった。慌てて追い掛けたが、スタートダッシュの差はいかんともしがたく、もたもたと路地に出た時には、もうどこにもコユキの姿は見当たらなかったそうだ。

「……というわけなんだよ。俺も捜索に加わったんだけど、結局コユキは見つからなくってさ。早起きと疲労のダブルパンチで参ってるってわけ」

「それは災難だったね」と田野は気の毒そうに言った。「で、結局諦《あきら》めたの？」

「まさか。コユキは大事な家族なんだ。逃げました、はいそうですか、どうぞお達者に、なんてあっさり受け入れられないよ」

「そうだよね。じゃあ、どれくらい本格的に捜索するつもりなんだい」

「本格的って？」

「ペット捜しの業者に頼むとか、新聞に広告を出すとか」

「まだ何も決まってないんだ。母親はポスターを作るって言ってたけど」

「そっか。お金のこともあるもんね。こんな時こそ、アルパカ探偵に依頼できればいいんだけど……」

「ん？」と圭吾は眉根を寄せた。「今、なんて？」

「アルパカ探偵だよ。知らない？　アルパカ。毛がもこもこの、首の長い動物」

田野は当然のことのように言う。

「それは知ってるよ。テレビの動物番組で見たことあるから。でも、探偵って……」

アルパカも探偵も分かるが、その二つを組み合わせるというのが理解できない。

「噂だけど、困っている人の前にアルパカが現れて、たちどころに謎を解いちゃうらしいんだよ。それだけ賢いのなら、猫の居場所もあっさり見抜いてくれるんじゃないかな」

「いやいや、そもそも相手はアルパカなんだろ？　どうやって謎を解いたり依頼を受けたりするんだよ」

「……そういえばそうだね」いま気づいた、というように田野が首をかしげる。「まあ、都市伝説の類だから」

「言っておくけど、ありもしないものを頼るほど追い詰められてはいないからな。目立つ猫だし、そのうち見つかるよ」

圭吾は自分に言い聞かせるように、「きっとな」と付け加えた。

「もしよかったら、僕も協力しようか。ＳＮＳで迷子猫の情報を流してみるよ。運が良ければ、見たって人が現れるかも」

田野は、メッセージの交換や画像を共有できるネット上のサービスに会員登録しており、それで校内、校外の友人と連絡を取り合っているのだという。

頼んでおいて損はないだろう。圭吾は携帯電話に入れてあるコユキの画像を田野に送信した。それをあちこちに拡散し、目撃情報を募るのだ。

「白くて綺麗な猫だね。首輪は？」

「してない。嫌がるし、家から出さないからな。他の猫と区別する最大の特徴は目だよ。右目がピンクで、左目が青。オッドアイの猫は時々いるけど、その二色はめったにない組み合わせみたいなんだ」

「なるほど。分かった。みんなにそう伝えるよ。すぐに見つかることを祈ってるよ」

田野は大きく頷《うなず》き、自分の席へと戻っていった。

「……ホント、早く見つかってくれよ」

圭吾は大きく息を吐いて、また机に突っ伏した。

3

白い猫の目撃情報が寄せられたのは、それから三日後、土曜日の午前七時過ぎのことだった。田野から届いたメールには、〈小学校の時の同級生が、比久奈《ひくな》市内で白猫を見かけた〉とあった。

白猫は、比久奈市内にある病院の敷地にいたらしい。玄関脇に座り込み、何をするでもなくぼんやり病棟を見上げていたという。「遠かったので顔はよく見えなかったが、目が赤かったような気がする」と田野の知人は証言している。

その文面を見た時、圭吾は別の猫と見間違えたのだろうと思った。圭吾の家から比久奈市までは、電車で十五分はかかる。明らかに猫の行動範囲を大きく逸脱している。脱走から三日経っているとはいえ、そんなところまで旅をするとはとても思えなかった。

しかし、母の美里の意見は違った。

圭吾から目撃情報のことを聞き、「確かに可能性は低そうだけど、絶対違うとは言い切れないでしょ！」と言い出したのである。

「いや、でも……」

「でももへったくれもないの！　またどこかに行っちゃうかもしれないから、今すぐ捜しに行きなさい！　ほらこれ、交通費！」

美里は赤い顔をしながら、千円札を圭吾に握らせた。美里は普段は常識人なのだが、コユキのことになると途端に見境がなくなる。現に、今朝も五時台から一人で町内を捜索していたという。

ペット捜しの専門業者にも依頼しているが、今のところは何の手掛かりも得られていない。どんな些細な情報でも、美里は無視することができないのだ。

空振りになっても、それで母が納得するのなら――圭吾はそんな気持ちで、猫を入れるためのキャリーバッグを持って家を出た。

しばらく電車に揺られ、比久奈駅で降りる。時刻は午前九時を少し回ったところ。十月の空はすっきりと晴れ渡り、爽やかな陽光が天からの恵みのように降り注いでいる。とりあえず、猫を捜すにはこれ以上ない天候と言えた。

印刷してきた地図を確認し、市バスに乗り込む。

くだんの病院――名栄《めいえい》病院は、駅からバスで十分ほどのところにあった。市内では最も大きな病院で、高度な癌《がん》治療で定評があるそうだ。

病院前の停留所で降り、敷地の外から建物を見上げる。外壁の下の方は白で、最上階付近は青く塗られている。遠くからでもよく目立つようにするためだろう。窓の数からすると十階以上あるようだ。土曜日でも診察を受け付けているらしく、一緒にバスを降りた人々はまっすぐ敷地に入っていく。

目撃情報に従い、圭吾は正面玄関の方へと向かった。短い階段を上った先に、自動ドアが二つ、並んで設置されている。雨避《よ》けの庇を支える柱は石造りで、その周りに観葉植物の鉢がいくつか並べられていた。

覗き込むようにして物陰をくまなく調べたが、どこにも猫は見当たらない。やはりガセネタだったのだろうか。どうしようかと振り返って辺りを見回した時、建物の側面の通用口から、若い男性看護師が出てくるのが見えた。病院のことは関係者に訊《き》くのが一番早い。圭吾は彼の元に駆け寄った。

「あの、すみません」

「はい、なんでしょうか」

「この辺りで最近、白い猫を見かけませんでしたか。首輪はしてないんですけど、目の色が変わってて……」

説明の途中で、「ああ、はいはい」と男性看護師が頷いた。「見ましたよ。綺麗な毛並みの子でしょう。右と左で目の色が違ってて」

まさにどんぴしゃりの証言に、「そうです！」と圭吾は叫ぶように返事をした。「今、どこにいるか分かりますか」

「玄関のところにいないんだったら、駐車場かな。僕はそっちで見かけたんで」

ありがとうございます、と一礼し、圭吾は建物の裏手にある駐車場へと急いだ。

大きな病院だけあって、駐車場も相応に広かった。満車になれば優に五十台は停められるだろう。停車位置を示す白線が、櫛《くし》の歯のようにずっと奥まで並んでいる。

車用ゲートの脇をすり抜け、中に入る。ざっと見たところ、停められている車は十台ほど。一台一台、車の下も含めて周囲を丁寧に見ていく。

「なーう」

聞き覚えのある鳴き声を耳にしたのは、黒いワンボックスカーの周りを確認している時だった。

足を止め、音の方向に耳を澄ませる。それに呼応するように、再び鳴き声がした。圭吾は二つ隣のスペースに停まっていた、オレンジ色の軽乗用車にゆっくりと近づいた。

軽乗用車はリアをこちらに向けている。圭吾は祈るような気持ちで、正面の方に回り込んだ。

「……コユキ」

思わず、声が出た。ボンネットの上で、真っ白な猫が丸くなっていた。ピンクの右目と、青い左目。じわりと喜びが込み上げてくる。

圭吾は、予想以上に感動している自分に気づいた。寝起きを共にしてきた家族との再会。やはり、コユキは自分にとって大事な存在なのだ。

「もう、なんでこんなところにいるんだよ。とんでもないやつだな」

文句を言いながらも、口元は綻《ほころ》んでしまう。

圭吾は片手を広げ、白猫の元へと歩み寄ろうとした。しかし、白猫の態度は冷たい。こいつは誰だ、といわんばかりの、険のある視線を圭吾に向けている。

まさか、たった数日で自分のことを忘れてしまったのだろうか。不安がふと脳裏を掠めた時、「ちょっと！」と背後から鋭い声が聞こえた。

振り返ると、濃紺のパーカにジーンズを穿《は》いた、高校生と思《おぼ》しき女子が立っていた。ショートボブの髪、目尻が吊り上がった大きな目、小ぶりで形のいい鼻。どことなく猫のような印象を与える彼女は、圭吾と同じように猫用のキャリーバッグを持っている。

「はい？」

「何をしようとしてるんですか」

そう尋ねてきた彼女は、敵意すら感じさせるほどの険しい表情を浮かべている。

「いや、何って……そこにいる猫を連れて帰ろうと思って」

戸惑いながら白猫を指差すと、「やっぱり！」と彼女は眉間にしわを寄せた。「悪びれる様子もないなんて……最低」

「悪びれる？」

「人の猫を盗もうとしていたくせに、それを恥ずかしがりもしないのがどうかしてる、って言ってるの」

呆れたように言い、彼女が近づいてくる。「ちょ、ちょっと待って」と圭吾は慌てて彼女の前に立ち塞がった。「人の猫ってどういう意味だよ」

「日本語が分からないの？　あの子は私が飼ってる猫なの」

「君が？　いや、あれはウチの猫だよ。コユキっていって、子猫の頃からずっと飼ってたんだけど、三日前に家から逃げちゃって、それでようやく見つけたんだ」

「コユキ？　あの子はそんな名前じゃない。トリニティっていう、立派な名前があるの。別の猫と勘違いしてるんじゃないの」

「それはないって！」と圭吾は首を振った。「右目がピンクで、左目が青。コユキの一番の特徴なんだ。勘違いしてるのはそっちだろ」

「……思いつきで言ってるんじゃないの」と彼女は訝しげに目を細めた。「特徴を口にするだけなら、誰でもできるでしょ。名栄病院に綺麗な猫がいるって噂を聞いて、それで捕まえに来たんだ。絶対そうよ」

彼女は完全に圭吾を泥棒扱いしていた。「どいて」と圭吾を押しのけると、「おーい、トーリーちゃーん」とさっきとまるで違う、優しい声で呼び掛けながら白猫に近づいていく。

「なーう」とひと鳴きすると、白猫はひらりとアスファルトに降り、彼女のところに駆け寄った。数字の8を描くように彼女の足の間を一周し、その場にぺたりと座り込む。

「ほら」と彼女が勝ち誇った顔で言う。「すごく私に懐いてる」

だが、圭吾はカラカラという微《かす》かな音を聞き逃してはいなかった。

「その手に持ってるものはなんだよ」

圭吾は、彼女が右手に握り込んでいたものを奪った。手の平にすっぽり収まる小さなプラスチックケースの中には、ペレット状のエサが入っていた。

「あ、これはその」

「エサで釣ってるだけじゃないか。むしろそっちの方が猫泥棒なんじゃないのか」

「は？　何言ってるの？」彼女はむしり取るようにエサ入れを奪い返した。「この子の飼い主は私ですぅ」

「だから、それが勘違いだって言ってるんだよ」

強い視線を向けるが、相手は一歩も引かぬと言わんばかりに、激しく圭吾を睨み返してくる。

このままでは埒が明かない。と、その時、圭吾は視界の隅に白いものを捉えた。

「あ、あそこにも白猫が！」

叫んでそちらを指差すと、「えっ」と彼女が振り返った。

圭吾はすかさずしゃがみ込み、のんびりあくびをしていた白猫を強引にキャリーバッグに入れた。

「なによ、大きな声出して。ただのコンビニの袋じゃない……って、何してるの！」

「連れて帰るんだよ。じゃあな」

早口で言って、圭吾はキャリーバッグを抱えて走り出した。

「ずるい！　まだ話は終わってないのに！」

大声と共に足音が追い掛けてくる。

圭吾は全力で駆けていく。走るのには自信があった。抱えたキャリーバッグの重みに歯を食いしばりながら路地を何度も曲がり、でたらめに走っていくうち、いつしか足音は完全に聞こえなくなっていた。

立ち止まり、電信柱に背中を預けて大きく息をつく。

「やれやれ。なんとかまいたか」

額の汗を拭い、圭吾はキャリーバッグの中の白猫に声を掛けた。

「悪かったな、揺らしちゃって。これから家に帰ろうな」

「……なーう」

精一杯優しく呼び掛けたが、返ってきたのは不満をいっぱいに滲《にじ》ませた鳴き声だった。

4

名栄病院の敷地で捕獲した白猫を連れ帰ると、母の美里は飛び上がらんばかりに喜び、父の優作は深い深い安堵のため息を漏らした。

家族の懸念事項は消え、これでまた穏やかな暮らしが戻ってくる――と圭吾は確信していたのだが、すぐに違和感に突き当たることになった。キャリーバッグの蓋《ふた》を開けてやっても、白猫が決して外に出てこようとしないのだ。揺らされたことに怒り、抗議のつもりで引きこもっているのだと最初は思っていた。ところが、数時間が経ち、普段の食事の時間を迎えても、依然として動こうとしないのである。

どこか怪我をしているのだろうか、と無理やりバッグから引っ張り出してみるが、触れてみた限りでは健康体としか思えなかった。

その後も、白猫の警戒心は解けることはなく、夜が更けても、あちこちの匂いを嗅ぎながら家中をウロウロし続けた。普段寝起きしている美里の寝室に近寄ろうともせず、最後にはこたつテーブルの下にうずくまって動かなくなってしまった。

連れ帰った猫は、実はコユキではないのではないか——。

ここに至って圭吾は初めて、その可能性を疑い始めた。

週が明けて月曜日。遅刻ギリギリではない、余裕のあるいつもの時間に教室に顔を出すと、窓際にいた田野がぱたぱたと駆け寄ってきた。

「おはよう、山瀬くん。よかったね、猫が見つかって」

「ん、ああ」と圭吾は曖昧に頷いて、自分の席に向かう。「情報ありがとうな。助かったよ」

「目立つ猫でよかったよ」と田野は笑顔で言う。「でも、不思議だよね。比久奈市で見つかるなんてさ」

「……そうなんだよ」圭吾は机に肘《ひじ》をつき、そこに顎《あご》を載せた。「猫の足で歩いていけない距離じゃないけど、ちょっと遠すぎるよな……」

「誰かに連れて行かれたのかも。誘拐されて、犯人の家で暮らしてたけど、隙を見て逃げ出したとか」

「でも、それなら比久奈市内に留まってたのは変じゃないか？」

「さすがに帰巣本能だけじゃどうにもならなくて、迷子になってたんじゃない。で、たまたま落ち着ける場所が病院の敷地だった」

「なるほどね」

圭吾は腕を組み、椅子の背にもたれた。だとすると、病院の駐車場で因縁をつけてきたあの女子は、誘拐犯の一味ということになる。

本当にそうだろうか。彼女は攻撃的ではあったが、非常に堂々としていた。人の猫をかどわかしたという疚《やま》しさなど、どこにも見当たらなかった。それと、猫を見る時の優しい目。あれは、猫を飼ったことのある人間のそれだ。可愛さだけじゃなく、憎らしいところや手におえないところを知った上で、それでも愛さずにはいられないという、強い愛情――家族に対する想い――を持っているように見えた。

「……あのさ。悪いけど、もう少し情報収集を続けてもらってもいいかな」

圭吾の提案に、「別にいいよ。『見つかりました！』ってメッセージを書き込まなきゃ済む話だし」と田野は頷いた。

「ありがとう。一応、念のために、ってことで」

「人違いならぬ猫違い、なんてことがなければいいね」

圭吾は「そうだな」とぎこちなく笑った。田野の言葉は、残念ながらまったく冗談らしく聞こえなかった。


放課後。日が傾き、秋らしい、さらりと乾いた涼しい風が吹き始める中、圭吾は高校の校門を出た。

胸の中には、なんとなくすっきりしないものが渦巻いている。家に帰れば、あの白猫と顔を合わせることになる。逃げる様子はないが、警戒心は相変わらず強い。お気に入りのブラシを見せてもまったく反応せず、むしろ距離を取ろうとする有様で、リラックスさせるどころではなくなってしまっていた。

「……はあ」

ため息を落とした時、「いたっ！」と聞き覚えのある声が背中にぶつかってきた。

振り返ると、こちらに向かってつかつかと歩いてくる女子の姿が目に飛び込んでくる。土曜日の朝、比久奈市でひと悶着あった相手だった。服装はブレザーとチェックのスカート。隣の市にある、偏差値が高いことで有名な女子高の制服だった。

「情報通りね。よかった、あっさり見つかって」彼女は圭吾の左手首をがっしり握った。

「君、名前は」

「え？　山瀬だけど」

「嘘じゃないでしょうね。身元を証明するものを見せてよ」

いちゃもんを付けられ、圭吾はポケットに入れてあった学生証を彼女に突きつけた。

「正真正銘、本物の山瀬だろ。納得したか？」

「ええ。ありがとう。これでもう逃げられないよ、山瀬圭吾くん」

「そもそも逃げるつもりなんかないって。っていうか、あんたは何者なんだよ」

「いいでしょう。交渉事はフェアにいかなきゃね」

彼女は圭吾の手首を押さえたまま、カバンから学生証を取り出した。名前は香西莉乃《こうざいりの》。学年は圭吾と同じ高校二年生だった。

「これで自己紹介は完了だな。逃げたりしないから、いい加減離してくれよ」圭吾は莉乃の手を振りほどいた。「それで、あんたはどうしてここに」

「私がやってるSNSで、白猫を捜してるってメッセージが流れてきてね。すぐにピンと来たから、差出人を順にたどって、ここの高校の二年生が猫の飼い主だってことを突き止めたの。で、こうして学校の前で張り込んでたってわけ」

得意げにそう説明して、莉乃は「トリニティを返して」と圭吾を睨みつけた。

「返すも何も、あれはウチの……」

「本当に？」と言って、莉乃がまっすぐ見つめてくる。「あなたは、自分の飼っていた猫をちゃんと見分けることもできないの？」

「それは……」

圭吾は言葉に詰まった。あの猫は正真正銘コユキだ、と胸を張って言えるだろうか。見た目は間違いなくコユキだ。だが、家の中での振る舞いは明らかにおかしい。別の猫かもしれない、という疑念が膨らんでいるのは事実だった。

「言い争いをしてても仕方ないから、トリニティに会わせてよ。あの子に選んでもらいましょ。どちらが本物の飼い主かを」

莉乃は自信たっぷりに言い放つと、「あなたの家、どっち？」と再び圭吾の腕を摑《つか》んだ。

数人の学生が、好奇心たっぷりの視線と共に、圭吾たちのすぐそばを通り過ぎていく。ここで押し問答を繰り返していたら、ろくでもない噂が広まるのは火を見るよりも明らかだった。

圭吾は莉乃の手を払い、「分かったよ。ついて来いよ」と歩き出した。「歩いていける距離だからさ」

「なによ偉そうに」

「いつもこんな感じだよ。別に偉ぶってるわけじゃない」

「もう少し態度を改めた方が身のためだよ。あ、ところで、おうちの人は？」

「いないよ。親は共働きで兄弟もいないから」と答えると、「二人きりってこと？」と莉乃は眉をひそめた。

「何もしないって。いい加減悪人扱いはやめてくれよ」

「どうだか。トリニティは家にいるんだよね？」

「ああ。コユキなら、うちでおとなしくしてるよ」と言い直すと、ふん、と莉乃は顔を背けた。

会話はそこで途切れた。無言でいつもの帰り道を歩くこと数分。自宅にたどり着き、圭吾は玄関のドアを開けた。

「ただいまー、って、あれ」

声を掛けながら家に入ると、沓脱《くつぬぎ》を上がってすぐのところに、白猫がちょこんと座っていた。

「あ。出迎えてくれたんだ。ありがとうね、トリニティ」

圭吾を追い越し、すかさず莉乃が白猫を抱き上げる。白猫は目を細め、ぐるぐると喉を鳴らし始めた。

「ほらね」と莉乃が口の端を持ち上げる。

圭吾は頭を掻き、「とにかく話を聞かせてくれよ」と言った。「ここじゃなんだし、中で話そう」

「いいよ。この子がいれば安心だから。私に何かあったら、きっと守ってくれる」

「何もないっての。ほら、さっさとしろよ」

圭吾は乱暴にスニーカーを脱ぎ、どすどすと音を立てて居間に向かった。

部屋に入り、隅に置いてある餌入れに目を向ける。朝、山盛りにしていったペレット状の餌はほとんど減っていなかった。

「お邪魔します」と律儀に言い、莉乃は白猫を抱いたまま、こたつテーブルの周りに置かれた座布団にちょこんと座った。

「いつまでコユキを抱え続けるつもりだよ」

「トリニティね。私に懐いてるんだからいいじゃない」

「まだそうと決まったわけじゃないだろ。フェアにって言ったのはそっちの方だ」

「いいよ。はい」

手を広げると、白猫はちらりと圭吾を見て、莉乃のすぐ脇に座った。

彼女は猫の背中を撫でつつ、「今日はバッチリ証拠を持ってきたの」と、カバンからアルバムを出した。「トリニティがうちに来てからの記録だよ。全部は持って来られなかったから、お気に入りを集めた特別編集版だけど」

がっしりした装丁の、A4判サイズのアルバムを開く。最初のページには、ピンクと青の目を持つ子猫の写真が収められていた。生後六カ月といったところだろう。その姿はコユキの小さい頃に瓜《うり》二つだった。ページをめくっていくと、徐々に成長しながら、次から次へとコユキにそっくりな猫が現れる。写真はいずれも室内で撮影されており、白猫はおすまし顔でフレームの中央に納まっていた。

信じられない思いで写真を見つめながら、一方で圭吾は違和感を覚えていた。何かが引っ掛かるが、写真のどこに問題があるのか分からない。

そうして黙って考え込んでいると、「どう？　ぐうの音も出ないでしょ」と莉乃が得意げに言った。

「待ってくれ。写真ならこっちにもある」

圭吾は立ち上がり、サイドボードの引き出しから取り出したアルバムを莉乃に手渡した。母の美里が作ったコユキ専用のアルバムだ。

ページをめくっていくうち、莉乃の表情が曇っていく。

最後のページまで見終わって、彼女は「どういうことなんだろう」と首をかしげた。「誰かからトリニティの写真を買ったとか？」

「そんなはずないって。アルバムには、この居間で撮ったものもある。背景に写ってる家具を見れば分かるだろ」

「合成じゃないよね？」

「正真正銘、本物だよ。っていうか、なんでそんなに疑い深いんだよ」

「そりゃ疑うよ。だってね、ピンク色の目を持ってる猫ってものすごく珍しいんだよ。メラニン色素が欠乏したアルビノの個体なら目は赤いけど、そうじゃなくて、特殊な遺伝子の働きで目が赤っぽくなる子って、本当に少ないんだって。たぶん、何十万匹に一匹くらい」

「そうなのか？」

赤い目の猫がめったにいないことは経験的に知っていたが、そこまで低確率だとは思っていなかった。

「そうなの。でね、さらにこの子は片目が青いでしょ？　そんな特徴を持つ猫が何匹もいるとはとても思えないの」

「うーん」と、圭吾は顎を撫でた。「ちなみにあんた、どこに住んでるんだ？」

莉乃は「細かい住所は教えないからね」と警戒しつつ、隣の市の名前を上げた。

「直線距離で四キロくらいか。じゃあ、二重生活ってことはないか……」

「この子が私の家とこの家をこっそり行き来してたってこと？　そんなのありえないでしょ。うち、ずっと室内飼いだったし」

「俺のところもそうだよ」圭吾はむっとしながら言った。「一応、可能性として挙げただけだから」

「そのコユキちゃんは、どうしていなくなったの。家から出しちゃったの？」

「出したっていうか、出たがってたんだ。それで、親が朝、家を出る時にドアの隙間から逃げたんだよ。そっちは？　トリニティだっけ。捜してたってことは、行方不明になってたんだろ」

「……うちも同じ。いつもはおとなしい子なのに、先週の火曜日くらいから急にそわそわし始めて。それで、掃除の時に開けた窓から外に飛び出して行っちゃったの」

「火曜日か。……何かあったかな」

圭吾はしばらく記憶を浚ってみたが、特に思い当たるような出来事はなかった。

「猫に訊かないと分からないよ、逃げた理由なんて。それよりさ、この子、連れて帰ってもいい？」

「いや、それはちょっと」母親が取り乱すのは目に見えていた。はいどうぞとあっさり渡すわけにはいかない。「悪いけど、俺だけじゃ結論は出せないよ。もう少し時間をくれないかな」

「こんなに私に懐いてるのに？」

「それはそうだけど、決め手にはならないだろ」

「充分証拠になると私は思うけど。まあ、手荒に扱ってないみたいだし、二、三日くらいなら貸してあげてもいいよ。エサはカリカリタイプより、缶詰の軟らかいのが好きだから。そっちに変えてくれる？」

莉乃は白猫の喉を優しく撫でて、「もう少しの我慢だからね」と言って立ち上がった。

「じゃあ、私はこれで……あ、ごめん。着信きた」

莉乃はカバンから取り出したスマートフォンを耳に当てながら、居間を出て行った。白猫もすっと立ち上がり、彼女のあとを追おうとする。その自然な振る舞いを見て、圭吾は頭を掻いた。

やっぱり、この猫は……。

「ちょっと！」慌てた様子で莉乃が再び入ってきた。「なんか変なの」

「変って何が」

「今、友達から電話があってね。ついさっき、比久奈市で、赤青のオッドアイの白猫を見たって」

5

　想定外の連絡を受け、圭吾は莉乃と共に比久奈市に急行した。莉乃の友人の情報によれば、白猫はやはり名栄病院の近くで目撃されていた。

　二人で駅からバスに乗り込む。出入口に一番近い前の席に着き、「どうなってるんだろう」と莉乃が呟いた。

「目撃されたのが今日なら、いま俺の家にいるあいつじゃないってことだよな」

　吊革を摑み、莉乃を見下ろしながら圭吾は言った。

「そうね。一番ありえるのは単なる見間違いだけど」

「でも、ちゃんと目の色も一致してるしな。っていうか、なんであんたまで、ついてきてんのさ。俺の家にいた猫がトリニティなんだろ？」

「それはそうだけど、気になるでしょ。万が一ってこともあるし……」

「飼い主なら分かる、って豪語してたのはそっちなのにな」

「だから、念のためだって。なによ、偉そうにして。情報をキャッチしたのは私なんだからね。もうちょっと感謝してよ」

「はいはい、どーもありがとうございまーすっと」

「言い方！　もういいよ！」

そんなやり取りをしているうちに、バスは名栄病院前の停留所に到着していた。バスを降り、辺りを見回しながら病院の方に向かう。

目撃情報によれば、白猫はやはり玄関脇にいたという。だが、ざっと見た限りでは猫の姿は見当たらなかった。

時刻はすでに五時を過ぎている。まだ日は沈んでいないが、一時間もしないうちに一気に夜がやってくるだろう。莉乃と手分けして名栄病院の近所を捜すことにした。

圭吾は前回白猫がいた、病院の裏手の駐車場に向かった。この前よりは停まっている車が多い。車の周囲を念入りに確認しながら進むが、一番奥まで行っても猫は見つからなかった。

「……こっちじゃないか」

駐車場を抜け出たところで、「おーい」と圭吾を呼ぶ莉乃の声が聞こえた。

彼女は、病院の隣にある民家の塀の上を見つめていた。視線の先には、目を閉じてうずくまる白猫の姿があった。どうやら寝ているらしい。

「ホントにいたな」

猫は目を閉じていたが、その佇《たたず》まいには見覚えがあった。圭吾は莉乃を下がらせ、ゆっくりと猫のそばに寄っていった。

「コユキ。俺だよ」

呼び掛けると、白猫はぱちっと目を開けた。ピンクと青のオッドアイが圭吾を捉えた次の瞬間、白猫は「なーう」と鳴いた。じわりと胸の中が熱くなる。

手を広げると、白猫はためらう素振りも見せずに圭吾の胸の中に飛び込んできた。その温もりを確かに感じながら、頭を指先で撫でた。

「その子が、コユキちゃん？」

「そんな気がする」と圭吾は頷いた。

「目撃情報は本物だったね」莉乃がため息を落とす。「何十万匹に一匹の猫が、たまたま隣り合った市に二匹いた。そして、同時期に家から逃げ出した……ってことだよね。こんなことがあるなんて……」

「これが現実なんだから、受け入れるしかないだろ。連れて帰ろうか、とりあえず」コユキと思しき白猫は、抵抗することなくすんなりキャリーバッグに収まった。「ウチにいる方の猫、連れて行って構わないよ」

「もちろんそのつもりだけど。ねえ、この子とトリニティは姉妹なのかな」

「他人……じゃないや、他猫の空似にしてはそっくりすぎるよな。たぶん、そうなんじゃないかな」

「ペットショップで買った子なの？」

「……分からないな。飼うことを決めたのは父親だけど、いきさつは知らないんだ」

「そっか。私と同じだね。気づいたら家にいたって感じなの。誰かからもらったんだと思うけど。本当に姉妹って可能性もありそうだし、一応、検査してみようかな」と莉乃は思案顔で呟く。

「検査？　何を調べるつもりだよ」

「DNA。家に残ってる毛を使って、どっちがどっちか確かめてみようと思って。私の父は、東世《とうせい》大学で教授をしてるの。生物学の研究者だから、頼めばタダ同然で検査してくれると思う。同じ特徴を持つ子が揃っちゃったわけだし、取り違えがないとは言えないもんね。念には念を入れて、だよ」

「そっか。じゃあ、そうしようか」

同意して、圭吾はキャリーバッグの中を覗き込んだ。メッシュ地の蓋の向こうで、白猫が幸せそうに眠っていた。

それから四日後。金曜日の夕方。莉乃は、前回連れ帰った白猫を連れて、圭吾の自宅にやってきた。

再会したそっくりな二匹は、「なーう」と鳴き交わし、リラックスした様子で、居間の隅の方にうずくまった。何かのはずみに二匹が入れ替わることがないように、今日だけは色違いの首輪をつけてある。

「検査の結果が出たって？」

「そうなの。聞いたらびっくりするよ」と言って、莉乃は圭吾が淹れたコーヒーをゆっくりすする。

「そういうネタ振りはハードルを上げるだけだと思うけどな。まあいいや。で、どういう結果になったんだよ」

「これ以上ないっていう、分かりやすいデータが出たよ。二匹のＤＮＡはまったく同じだったの。つまり、一卵性双生児ってこと」

「双子？」圭吾は対角線上に座る二匹を見比べた。「確かに瓜二つだけど……」

「驚いたでしょ？　姉妹かもしれないとは思ってたけど、まさか双子とはね。……あれ？　どうしたの、そんなに怖い顔して」

「……いや、何か引っ掛かるんだよな」

記憶の隅に刺さった棘《とげ》の正体を探ろうと、圭吾は額を押さえた。どこかで違和感を覚えた気がする。あれは確か……。

「……そうだ、写真だ。なあ、この前見せてくれたそっちの猫の写真、まだあるか？」

「念のために持ってきてるけど」

アルバムを受け取り、一ページ目を開く。両手ですっぽりと包み隠せそうなほど幼い、子猫の写真が最初に来ている。その右下に刻まれた日付を記憶してから、今度はコユキの写真を収めたアルバムを広げた。

子猫時代のトリニティとそっくりな、この家に来たばかりの頃のコユキ。二つのアルバムのトップを飾る二枚の写真には、本当によく似た猫の姿が写っている。だが、両者には決定的な違いがあった。

「やっぱりそうだ。なあ、トリニティはいま何歳だ？」

「え？　今年で六歳になるけど」

「コユキはまだ五歳になってない。写真の日付をよく見てくれよ。一年以上ずれてるのが分かるだろ？」

子猫のトリニティの写真は五年以上前。一方、子猫のコユキの写真は、四年と少し前のものだ。二匹の猫の年齢には、一歳近い差がある。同時期に生まれた双子ではありえないのだ。

「どういうこと？」と莉乃が首をかしげる。圭吾も同じリアクションを返すしかなかった。コユキとトリニティの身に何が起こっているのか、まったく理解できない。

「とりあえず、確実に言えるのは年長の方がトリニティだってことだ。成猫だから見た目は違いがないけど、歯の摩耗具合とか、骨密度とか、区別できる要素はあると思う。獣医師に聞けば分かるかもしれない」

「それはいいけど……どっちがどっちかを確定するだけでいいのかな」

「他に何をするっていうんだよ」

「どうしてこんな奇妙な状況になっちゃったのか、きちんと調べないといけないと思って。もちろん、このままお互いに元の生活に戻るのはアリだよ。でも、私は全然すっきりしない。トリニティのことは大好きだけど、こんな気持ちを抱えたまま暮らしていくのは嫌なの。だから、納得できるまで調べてみたい」

「ま、気持ちは分かる」と圭吾は鼻の頭を掻いた。「ここまで来たら、俺も手伝うよ。それで、具体的にはどうすればいいんだ？」

「とにかく、この子たちが家に来る前のことを調べるべきだと思う。私の父の話だと、トリニティは知り合いに譲ってもらった子らしいの。元の飼い主が誰なのか、改めて詳しく訊いてみる」

「そうだな。じゃ、俺も親に話を聞くよ。誰かに譲ってもらったのか、それとも野良猫なのか、その辺をはっきりさせなきゃな」

調査方針はすぐに定まった。圭吾と莉乃は、互いの両親に、猫を飼うようになった経緯を尋ねることに決めた。

6

翌日、土曜日。圭吾は正午過ぎに自宅の最寄り駅へと向かった。改札前では、ボーダーのトップスに白と紺のスタジャン、ジーンズ姿の莉乃が待っていた。

「悪いな、来てもらって」

「ううん。ひと駅だから」と言い、莉乃は辺りを見回した。「昼ごはん、食べた？」

「家で済ませてきた。そっちは？」

「私もさっき、サンドイッチを食べたから大丈夫。あそこで話そうか」

莉乃が駅構内のコーヒーショップを指差した。

「ああ」と頷き、一歩を踏み出したところで、「あれ」と声を掛けられた。改札の方に目を向けると、クーラーボックスを肩から下げた田野がこちらを見ていた。

「山瀬くん。奇遇だね、こんなところで」

「お、おう」

「そっちの女の子は……ひょっとして、彼女さん？」

「いや、そんな立派なものじゃなくて、その、親戚だよ、親戚」圭吾はぎこちなく笑い、田野の視界から莉乃を消すように体の位置を動かした。「そっちはどうしたんだ？　クーラーボックスなんか持ってさ」

「釣りに行こうと思って。趣味なんだ。バス釣りなんだけどさ、知ってる？　午後二時から三時くらいって、結構釣れやすい時間帯なんだ。魚もおやつを食べるのかも、なんて言う人もいるんだよ」

「へえ、そうなんだ」

ちらりと背後を振り返ると、莉乃が不審そうな目つきでこちらを見ていた。「悪いな、ちょっと用事があって」と圭吾は田野に向かって手を合わせた。

「あ、ごめんね、呼び止めちゃって。そういえば、例の白猫の件、もう完全解決ってことでいいんだよね？」

「ああ。協力、ありがとうな。もし何か困ったことがあったら、今度は俺が手を貸すからさ」

「そう？　じゃ、アルパカ探偵の噂を集めておいてよ。あれからまた情報を耳にしてね。ついこの間、比久奈市で目撃されたらしいんだよ」

「分かった。あんまり期待しないでくれよ」

じゃあ、と田野と別れ、莉乃のところに戻る。

「ごめん、同じ高校のクラスメイトなんだ」

「……それはいいけど、なんで私が親戚なの？」

「え、別に深い意味はないよ。なんとなく」

「ふーん」納得したのかしていないのか、莉乃は首をかしげて、「じゃ、お店に入ろうか」と歩き出した。

圭吾はそこで、そういえば女子と二人でこういう店に入るのは初めてだぞ、と気づいた。会ったのが田野でよかった。口の軽い友達と顔を合わせていたら、周りに言いふらされてさんざん冷やかされることになっただろう。駅で待ち合わせたのは失敗だったかな、と反省しつつ、彼女と共に自動ドアをくぐった。

先にレジで商品を受け取り、会計を済ませるタイプの店だった。それぞれに注文し、カップを受け取って席に着く。

圭吾はアイスカフェオレ。莉乃はキャラメルマキアートにチョコソースを掛けた、いかにも甘そうな飲み物を頼んでいた。

彼女はそれを嬉しそうに飲みながら、「それで、どうだった？」と訊いてきた。

「うちの父親に教えてもらったよ。仕事で知り合った相手から、『実家で生まれた猫の飼い主を探している』って言われたんだってさ。写真を見たら、すごくきれいな白猫だったから、すぐにOKを出したんだとさ」

「お父さんのお仕事は？」

「大学や研究施設に、分析機器を納入する仕事だけど」

「……大学」カップを置き、莉乃は腕を組んだ。「ひょっとしたら、私の父も、その人から話を持ち掛けられたのかも」

「元の飼い主も研究者なのか」

「そう。父は東世大学の理学部生物学科に籍を置いてるんだけど、同じ階の研究室にいた准教授の人から、トリニティを譲ってもらったの。実家で生まれたんだけど、どうかって」

「同じ相手っぽいな。その人の名前は？」

「調べてきたよ、ちゃんと。有岡博嗣《ありおかひろし》さん。今の年齢は四十二、三歳くらいかな。興味深いことに、その人のご実家は比久奈市にあるんだって」

「比久奈市か……」と圭吾は呟いた。コユキとトリニティが相次いで訪れた街だ。二匹に関する不可解な謎を解くヒントは、やはりあの場所にあると見るべきだろう。

「有岡さんは海外に行ってて、まだ連絡が取れていないんだけど、ご両親は今も比久奈市に住んでるだろうって父が言ってた。有岡博嗣さんのお父さんが茂夫《しげお》さんで、お母さんが花江《はなえ》さん。大学の事務に確認して、住所も分かってるけど。……どうする？」

そう尋ねてくる莉乃の瞳は、きらきらと輝いて見えた。圭吾に判断を委ねているわけではなく、「私は行くけど、君はどうするの」という意味の質問なのだろう。

「ここまで調べたんだ。中途半端で終わらせる手はないだろ」

そう答えると、莉乃は子供のように素直に頷いて、「そうだよね」と笑った。

不意打ちで目の当《ま》たりにした莉乃の笑顔に、圭吾は思わず目を逸らした。

半分ほどに減ったアイスカフェオレをストローで掻き混ぜながら、心の中で呟く。

なんだよ、そんな顔もできるんじゃないかよ——。

午後一時。圭吾と莉乃は再び比久奈市にやってきた。

有岡家は、駅から北へ十五分ほど歩いた、閑静な住宅街にあるとのことだった。印刷してきた地図を確認しながら、ひと気のない路地を進んでいく。マンションやアパートはほとんど見当たらず、広い庭を備えた一軒家がずっと続いている。

「金持ち御用達《ごようたし》、って感じだな」

「昔から住んでる人が多いんだろうね」と莉乃が辺りを見回す。「和風のおうちが目立つね」

「そうだな。生垣なんて久しぶりに見た気がする」

当たり障りのない言葉をやり取りしながらしばらく行くと、白い大きな箱を二つ、L字型に並べたような家が見えてきた。周囲を金属製のフェンスに囲われたその家は、民家というよりは個人経営の病院のようだった。

「どうやらここみたい。門柱に表札が出てるし」と神妙に莉乃が呟く。

「立派な家だな。コユキとトリニティは、生まれた直後はこの家に住んでたのかもな」

「その可能性は高いけど、どうしてあの子たちは名栄病院の周りをうろついていたんだろ。記憶を頼りに訪れたにしては、ここことは結構離れてるけど」

「俺に聞かれてもなあ」圭吾は門に近づいた。「インターホン、鳴らしてみようか」

「大丈夫？　知らない人にちゃんと挨拶できる？」

「子供じゃあるまいし、できるに決まってるだろ……と言いたいところだけど、っていうかできるけど、こういうのはそっちの方が向いてる気はするな。女子の方が警戒されにくい」

「そうね。……じゃ、いくよ」

莉乃は深呼吸をしてから、門柱のインターホンのボタンを押した。

微かに、家の中でチャイムらしき音が鳴っているのが聞こえる。しかし、一分ほど経っても人が出てくる気配はない。

「留守かな」

「もうちょっと待ってみようよ。すぐに応じられないんだよ、たぶん。若い人が住んでないから」

莉乃がそう言った時、インターホンから「……はい」と応じる声がした。女性だ。声の低さからすると、かなりの年長者のようだ。

「突然に伺いまして、大変申し訳ありません。私、香西莉乃と申します。父は東世大学で教鞭を執っておりまして、以前からずっと、有岡博嗣さんとは親しくさせていただいています」

さっきまでは多少緊張していたようだが、莉乃はつっかえることなく、自然に自己紹介をした。言い方がしっかりしているというか、ずいぶん大人びている。そういう風に喋《しゃべ》っていると、急に年上に見えてくるから不思議だ。

「ああ、香西先生の娘さん。うちに何か御用かしら。博嗣は今はここには住んでいないんですけども」

「あ、いえ、そうではなくて、猫のことで話をお伺いしたくて」

猫、と呟いた女性の声は、直前よりぐっと低くなっていた。

「……猫がどうかしましたか」

「ええと、実は――」

圭吾はそこで莉乃を押しのけ、「すみません」とインターホンに口を近づけた。「香西莉乃さんの友人の者です。息子さんに猫をお譲りいただいた件について、確認したいことがあるんです。お時間は取らせませんので、少しだけお願いできませんか」

早口にそう言って、返事を待つ。十秒ほどの沈黙の後、女性は「……分かりました」と応じた。「玄関の方までお越しいただけますか」

「すぐ行きます」

縦格子模様の入ったアルミ製の片開き門に手を掛けたところで、「ちょっと、なんで邪魔するの」と莉乃が抗議した。

「あんたが『猫』って言った途端、向こうの雰囲気が変わった気がしたからだよ。嘘はまずいけど、今はまだ、正直にコユキたちのことを言わない方がいいんじゃないかと思って。門前払いされたら困るだろ」

「……私たち、歓迎されてないのかな」

「どうかな。俺の考えすぎかもしれない。とにかく行こうぜ。出てきてくれさえすれば、もう遠慮はいらない。訊くべきことを訊くんだ」

圭吾は有岡家の敷地に足を踏み入れた。ところどころが枯れた芝生の上に、黒い敷石が直線状に敷き詰められている。その上を踏んで玄関に向かう。

　玄関にたどり着くとほぼ同時に、がちゃりと音を立ててドアが開き、小柄な女性が顔を覗かせた。髪は真っ白で、ふっくらとした顔にはあまりしわがない。若干アンパンマンに似ている。息子の年齢からすると七十歳近いはずだが、それよりは若く見えた。

「有岡花江さんでいらっしゃいますか」と莉乃が前に出る。花江は莉乃と圭吾を見比べながら頷いた。

「猫のことで聞きたいことがあるとか……」

「ええ。私と、こちらの山瀬くんの家では、とても希少な白猫を飼っています。右目がピンクで、左目が青という、珍しいオッドアイを持っているんです。最近、たまたまそのことを知って、どこからそんな猫をもらってきたのか、少し気になってしまって。それでいろいろ調べて、有岡博嗣さんから譲ってもらったことが分かったんです」

　警戒されている可能性を考慮してか、莉乃はこれまでの経緯を大胆に省略しつつ、フレンドリーな感じで喋っていた。

「変わった目の色の白猫……。そうおっしゃられても、私には特に心当たりは……」

「ご主人の茂夫さんはいかがでしょうか」と莉乃が食い下がる。「こちらにお住まいなのでしょうか。もしよかったら、少しお話を伺いたいのですが」

「ごめんなさい。主人は今、体調を崩して入院しているの」若干食い気味に花江が答えた。「ほかに聞きたいことはあるかしら。特にないようなら、これで……」

その時、花江の背後から「なーう」という、耳馴染みのある鳴き声が聞こえた。

はっ、と三人が同時に息を呑む。

圭吾は体を横にずらし、花江の肩越しに家の中を覗き込んだ。

一匹の白猫が、廊下の中ほどに座ってこちらを見ていた。ナデシコの花を思わせる、濃いピンク色の右目。常夏の南国の海のような、純粋さとおおらかさを感じさせる、深い青の左目。白、赤、青のトリコロール。そこにいたのは、奇跡と呼ぶにふさわしい希少度を持った、三匹目の猫だった。

「その猫は……」

圭吾の視線に気づき、花江が慌ててドアを閉めて外に出てきた。

「何のことでしょうか」

「今、確かに見ました。赤と青の目を持つ白猫が家の中にいたのを。さっきは、変わった目の色の白猫なんて知らないって言ってたじゃないですか。どうして嘘をついたんですか」

「それは、その……」圭吾と莉乃の視線を受けて、花江はうつむいてしまう。「私から言えることは何もありません。……帰ってください」

「でも、まだ話は途中で……」

花江に詰め寄ろうとした圭吾を、「やめよう」と莉乃が押し留めた。

「すみません、驚かせてしまったみたいで。でも、私たちは有岡さんにご迷惑をお掛けするつもりはまったくありません。事情を話してもらえませんか」

こわばってしまった心を解きほぐすように、莉乃は花江に優しく語りかけた。だが、花江は何も答えず、ただ首を横に振っただけだった。

莉乃は小さく吐息を漏らし、圭吾と視線を交わした。

「そうですか。急な訪問にもかかわらず、応対していただき、ありがとうございました。私たちはこれで失礼いたします」

莉乃が一礼し、踵《きびす》を返す。圭吾もそれに倣《なら》い、莉乃と共に有岡邸をあとにした。

7

アスファルトに散らばる枯葉を踏みながら、圭吾は「明らかに怪しいよな」と口を尖らせた。「絶対やましいところがあるんだぜ」

「そんな気はしたけど、無理には聞き出せないでしょ」

莉乃も納得はしていないようだった。さっきからずっと、小石を蹴りながら歩いている。

「家の中にいた白猫、見えたか？」

「ううん。私のところからは確認できなかった。目の色は赤と青だったんだよね」

「ああ。コユキやトリニティと同じ……いや、それよりもっと鮮やかだった。それと、ちらっと見ただけだから断定はできないけど、まだ若い感じがした。二歳くらいなんじゃないかな」

「コユキちゃんよりもさらに年下ってことね」

圭吾は頷いた。極めて存在数の少ないであろう、特別な目を持つ白猫が、一時的にとはいえ比久奈市に三匹も集合していたことになる。とても偶然だとは思えなかった。

「これからどうする？」

「海外に行っているっていう、有岡博嗣さんに連絡を取るしかないかな」と莉乃が自信なさそうに言う。「父に頼んでみる。ただ、日本にいた頃のメールアドレスしか知らないらしくて。向こうの大学に問い合わせることになるから、少し時間がかかりそう」

「……そっか」

二人で黙ってひと気のない路地を歩く。さっきまでは晴れていたのに、急に雲が増えてきていた。ひんやりした風がそよぐたび、少しずつ空気が変わっていく感じがした。

なんだろう、この妙な雰囲気は。これからヒョウでも降るのだろうか。そう思いながら何の変哲もない電信柱の横を通り過ぎた時、圭吾は耳慣れない足音を耳にした。

「どうしたの？」

立ち止まった圭吾を莉乃が振り返る。

「今、何か……」

口を開きかけた時、十メートルほど先の丁字路に、二つの影が現れた。

真っ白なアルパカと、それに寄り添う、黒のローブをまとった人間。現実離れしたその組み合わせに、圭吾は微かな眩暈《めまい》のようなものを覚えた。

「なにあれ」と莉乃が呟く。圭吾は首を横に振った。あれはひょっとして……。

アルパカと黒衣の人物は、悠然と圭吾たちに近づいてくる。

アルパカは綿あめのようにふわふわとした白い毛に包まれている。黒くてつぶらな瞳に、それを縁取る長い長い睫毛《まつげ》。長い首には鳥の形をした金色のエンブレムがついており、体が左右に揺れるたびにきらきらと光を弾いて輝いていた。

その隣にいる黒ずくめは、アルパカの首から伸びた細いベルトを摑んでいる。頭からフードをかぶっているので、その表情は一切窺《うかが》えない。体形がローブで隠されているが、どうやら男のようだ。

アルパカは圭吾たちの目の前で立ち止まり、ぱちぱちと瞬きをした。

「――過ごしやすい季節になってきた。私はそう思う。晩秋に向かって木々たちが紅葉していくこの時期を、私は特に愛している」

よく響く低音ボイスでアルパカがいきなりそう言ったので、圭吾は目を見開いた。

違う違う。隣にいる黒ずくめが、アルパカの口の動きに合わせて言葉を発しただけだ。アルパカが喋るなんて、ファンタジーの世界じゃあるまいし、あるわけがない。

自分にそう言い聞かせながらも、圭吾はなぜか、「あなたはもしかして、アルパカ探偵さんですか」とアルパカに尋ねていた。

「いかにも。我が名はランスロット。探偵を生業としている。実に興味深そうな謎の香りが漂っていたので、こうしてやってきたというわけだ」

「ねえ、ちょっと」莉乃が圭吾の肘の辺りを摑む。「どういうこと？　アルパカ探偵って。あの黒い服の人は君の知り合い？」

「乙女よ。私は唯一無二にして、完全無欠の探偵だ。そう理解してもらえれば何の問題もない。ちなみに、この男は私の従者だ。立場をわきまえているので、人前で言葉を発することはない。私の影のようなものだと思いたまえ」

「は、はあ……」

莉乃は明らかに困惑していたが、それ以上突っ込んで事情を尋ねようとはしなかった。不思議と圭吾も、アルパカ探偵という都市伝説的存在を自然に受け入れていた。思考を放棄したわけではない。へえ、やっぱりいたんだ。そんな風に、ありのままに接すればいいと感じているのだった。

「さて、君たちは大きな謎を抱えて途方に暮れているようだ。眼前に居座っているやっかいな状況を、遠慮なくここで語りたまえ。心配しなくとも、報酬は一切受け取らない。私は貴族だ。下々の者から金銭を徴収するなどという、鄙陋《ひろう》な行為に走ることはありえない」

「貴族……ですか」

「そうだ。他の国に行けば、『マイ・ロード』と呼ばれることもある」

ランスロットは心持ち鼻を持ち上げ、「さあ、話してみてくれ」と前足でアスファルトを掻いてみせた。

圭吾は莉乃と顔を見合わせ、「じゃあ」と頷いた。

「俺の方から説明します。発端は、うちで飼っていたコユキという白猫が逃げ出したことでした――」

「……という状況なんです」

　圭吾の話を聞き終え、ランスロットは「ふぇ〜」と、切なさの混じった鳴き声をこぼした。

「いや、実に素晴らしい。私は今、理解した。猫というのは、これほどまでに愛らしい生物なのだと」

　アルパカも負けず劣らず、珍妙でキュートな存在だと感じたが、圭吾は「同感です。俺も、猫は大好きです」と同調するにとどめた。

「外見だけの評価ではないのだよ」とランスロットが首を左右に揺らす。「普段はつんけんしたところがあるが、猫たちはいつでも飼い主のことを想っているのだろう。実にけなげではないか」

「あの、すみません。ちょっとお話が見えないのですけど……」戸惑いながら、莉乃が小さく手を挙げる。「結局、コユキとトリニティ、それから、有岡さんの家にいたもう一匹の白猫……この三匹の関係はどうなっているんでしょうか」

「ふむ。君たちは生物学はどの程度詳しいのかね？」

「え？　私は文系なので、中学校の理科レベルの知識しかありませんが……そっちは？」

「俺は理系ですが、物理を選択してるので、ごくごく初歩的な知識しかないです」

「そうか。では、細かい説明は省いて、結論を言おう。互いに同じ遺伝子を持つ複数の個体――双子や三つ子の可能性を除外するなら、残る答えは一つだけだ」

「まさか……」閃いた答えを、圭吾はあっけに取られながら口にした。「クローンだって言うんですか？」

「そういうことだ」ランスロットは嬉しそうに耳をちょこちょこと前後に揺らした。「それなら、年齢が違っていてもおかしくはない」

以前、ニュースで見たことがあった。クローンは、成長した動物の体の細胞から作るのだという。つまり、白猫たちが本当にクローンなら、その元となった「オリジナル」がどこかに存在していることになる。

「そんな話、聞いたことありません」

莉乃が不満げに呟く。

「それは当然だ。出自を隠していたのだからな。極秘情報なのだろう」

「可能性はあると思いますが、クローンなんて、そんなに簡単に作れるものではありませんよね」

圭吾の指摘にも、ランスロットは慌てることなく、どこか楽しげに唇をもにもにと動かしてみせる。

「君たちが猫を飼うことになったきっかけは、有岡博嗣だった。彼は、理学部の生物学科の人間なのだろう。大学でクローンを作るのは金銭的、時間的な都合で難しいだろうが、世の中にはそういったサービスを行うベンチャー企業があるのだよ。技術交流などでコネクションがあり、簡単に依頼できる関係を築いていたのではないかと思う」

「……なるほど。でも、タダではできませんよね」

「安く見積もっても、数百万円はかかるだろう」

「それほど高額なら、どうしてクローン猫を他の人間に譲ったりしたんでしょうか。しかも二回も」

ランスロットは左右の前脚でかつかつと地面を踏み鳴らし、「ふぇぇ？」と、疑問形のように語尾を上げて鳴いた。

「ふむ。確かに解せない行動だ。残念ながら、現時点では情報が足りないため、確証のある推理を話すことはできない。とはいえ、そうやって諦めてしまってはとても名探偵とは言えないので、私なりの解釈を伝えよう。その行動の根底には、人間らしい弱さがあると私は考えている。おそらく、元の飼い主は——」

そして、淡々と、クローン猫にまつわる推理が語られた。それを聞いて、莉乃は「それは……」と眉をひそめた。

「身勝手だと言いたい気持ちは分かる」ランスロットは足元の枯葉を鼻先でつついている。

「だが、猫たちは人間のエゴを許している……いや、そもそも気にしていないようだ」

「どうしてそう思うんですか」と圭吾は尋ねた。

「君たちの飼い猫が、なぜ家を抜け出してこの街にやってきたのか。それは、人智を超えた、不可思議な絆《きずな》がもたらしたメッセージを、猫たちが受け取ったからに他ならない。二匹は病院のそばにいたんだろう。ならば、そこに答えがあるに違いない。……私に言えるのはここまでだな。あとは君たち次第だ。納得のいくようにすればいい。では、私はこれで。また謎にぶつかったら、いつでも駆けつけよう」

ランスロットは圭吾と莉乃を交互に見てから、くるりと後ろを向いた。

「どうも、ありがとうございました」

図らずも、圭吾と莉乃の声が重なった。

ランスロットは振り返ることなく、丸くてふかふかのお尻を揺らしながら、黒衣の男と共に去っていった。

8

それから一週間後。先週と同じように、圭吾は比久奈市にやってきた。

改札を抜けたところには、先に来ていた莉乃の姿があった。声を掛けようとして、彼女の隣にいる男の顔が目に飛び込んできた。クーラーボックスを抱えた田野が、楽しそうに莉乃に話し掛けている。

彼が圭吾に気づき、「やあ」と駆け寄ってきた。

「どうして田野がここに」

「いや、比久奈市内の釣堀に行った帰りに、ここでたまたま彼女を見かけてね。少し立ち話をしてただけだよ。じゃ、僕はこれで」

すれ違いざま、「すごくいい子だね」と田野が圭吾の耳元で囁いた。「親戚って言ってたけど、あれ、嘘なんでしょ？　大事にしてあげなよ。『逃した魚は大きい』にならないように」

「いや、ちょっと待てよ。そういうんじゃないって」

「まあまあ。猫は素直じゃないって言うけど、飼い主までそれを真似することはないんだよ」

「だから、勘違いなんだって」

「大丈夫。他の人には言わないからさ。楽しい休日を過ごしてね」

田野は圭吾の肩を叩き、手を振りながら改札の向こうに姿を消した。

「……素直とか素直じゃないって、何のことだよ。マジ意味不明」とこぼしたところで、莉乃が圭吾のところにやってきた。

「面白い人だね、田野くんって。話題が豊富。友達がすごく多いんだって」

「面倒見がいいことで有名だからな。それより、どうだった？　有岡さんたちのこと、お父さんにいろいろ聞いたんだろ」

「うん。ようやく、海外にいる有岡博嗣さんと連絡がついたよ。っていうか、お父さんの茂夫さんのお見舞いのために、この間まで日本にいたんだって。すれ違いになっちゃったけど、事情は大体把握できたと思う」

「そっか。それでどうする？」

「茂夫さんと話したいけど、それは無理なんだよね。脳溢血《のういっけつ》で倒れて、まだ入院してるみたいなの。だから、奥さんの花江さんと、もう一回ちゃんと話すしかないと思ってる。このままじゃ、お互いにもやもやしたものを抱え続けることになるし。コユキちゃんやトリニティが名栄病院の近くにいた理由を、あの人に伝えたいの」

「そう言うと思ってたよ」圭吾は駅前のバス乗り場に目を向けた。「電話して、会う約束は取り付けてある。茂夫さんの見舞いに行く予定だから、病院のロビーで待ち合わせたいって」

「へえ。準備がいいね」

「何から何までそっちに任せっきりってのも、居心地が悪いからさ。役割分担だよ。さ、行こうか」

圭吾はバス乗り場に向かいながら、ランスロットの言葉を思い出していた。

——その行動の根底には、人間らしい弱さがあると私は考えている。

その弱さの正体について、自分なりに答えは出せた気がする。では、それを知った上で、自分はどう振る舞うべきなのか。ここ数日、ずっと考え続けていたが、まだ答えは出ていなかった。分かったのは、簡単に正否を定められるような問題ではないのだ、ということだけだ。

ここまで来たら、考えるのを止め、自然な流れに任せるつもりでいた。会話の中で思い浮かんだ言葉が、たぶん自分の本心なのだ。

午前十一時。三度目となる訪問で、初めて圭吾たちは名栄病院のロビーへと足を踏み入れた。

土曜日の診察は午前中のみで、会計を待つ人々でロビーは混み合っていた。有岡花江は、扇状に並べられたベンチの中ほどにいた。

「……どうも」と彼女が会釈をする。莉乃はすかさず花江に駆け寄った。

「すみません、無理を言って時間を作っていただいて」

「いえ……。ここでは他の人の邪魔になりますから、地下の喫茶店に行きましょう」

花江に連れられ、二人はエスカレーターで地下一階に降りた。十席程度の手狭な喫茶店はすいていた。隅の四人掛けの席に着き、適当に飲み物を頼んだ。

「博嗣さんから、いろいろとお話を伺いました」莉乃がやや緊張した様子で切り出した。「今から二十年前に飼われていた白猫は、お宅の庭で見つけたそうですね」

「………。もう、とぼけたりしても無駄みたいね」花江はため息をついた。「あなたの言う通りよ。あの子は……シロガネは、奇跡のように私たちの前に現れたの」

後にシロガネと名付けられたその白猫を見つけたのは、彼女自身だったという。二月の、ひどく冷え込みの厳しい朝。庭の隅でかぼそい鳴き声を上げる子猫を見つけ、花江は慌てて動物病院に駆け込んだそうだ。

「衰弱はしていたけど、暖かくしてミルクを与えたら、すぐに元気になって。これも何かの縁だと思って、うちで飼うことにしたの。目の色がピンクと青で、とても珍しいって獣医師さんには聞いたけど、私は別に気にならなかった。あの子の目が何色でも、そのまま飼っていたと思うわ」

でも、うちの人は違った、と花江は目を伏せた。

「私の夫は、あの子にすっかり魅了されてしまった。それこそ宝石を扱うように、大切に大切にしていたわ。怪我をするといけないと言って一度も外には出さなかったし、自分が価値を分かっていれば充分だって、家に来たお客さんにも見せようとはしなかった。あの人にとって、シロガネは芸術作品だったの。……でも、絵画や石像と違って、相手は生き物。覚悟はしていただろうけど、あの子が十二歳で死んだ時、あの人は食事も喉を通らないくらい落ち込んだわ」

「……茂夫さんは、シロガネちゃんを失った悲しみに耐えられなかったんですね」

莉乃の言葉に、花江は悲しげな面持ちで頷いた。

「もともと、趣味の少ない人だったから。人生で初めてと言っていいほどのめり込んだ相手を亡くしたことで、すっかり人が変わったようになってしまったの」

「そうですか」圭吾は理解を示すように相槌を打った。「天からの贈り物を取り戻すためにクローンを作ると決めたのは、茂夫さんだったんですね」

「ええ。博嗣の知り合いに、そういうサービスをしている会社の人がいるって聞いてね。私は、本当にクローンなんてものが作れるのか半信半疑だったけど、夫はまったく迷わなかったわ。お金はいくら掛かってもいい、シロガネに再び命を授けてやってくれ——そう言って、その会社に依頼したの」

「クローン作りは難航したんじゃないですか」

「そうなの。詳しいことはよく分からないけど、遺伝子が同じでも、生まれてくる子の見た目が一致するとは限らないみたいで」

「エピジェネティクス、というものが影響しているそうです」圭吾は付け焼き刃で身に着けた知識を口にした。「遺伝子が働く順番とか、その働きの度合いとかは、ちょっとした環境の変化で全然違ってくるらしいですよ」

「生き物って不思議ね、本当に」花江がしみじみと呟いた。「クローンを作り始めて最初に生まれてきた子は、毛色は白だったけど、目の色が少し薄かったの。私はそれでも構わないと思ったけど、あの人は納得しなかった。シロガネが生まれてくるまで、ずっと続けるんだって言って譲らなかった。二番目の子も、やっぱり瞳の色が薄くて、三番目でようやく、シロガネと同じ、濃いピンクと深い青の目の子が生まれたのよ」

最初に生まれた「失敗作」がトリニティで、その次がコユキ。頭では分かっていたが、こうして直接聞かされると、胸にこみ上げてくるものがあった。隣では、感情が外にこぼれるのを抑えるように、莉乃がぎゅっと唇を強く結んでいる。きっと自分と同じ気持ちなのだろう、と圭吾は思った。

「この間、俺がお宅で見かけたのが、その三番目の猫なんですね」

「ええ。昔と同じように、シロガネと名付けて飼っているわ」

「どうして、前の二匹ではダメだったんですか」圭吾はテーブルに身を乗り出しながら尋ねた。「同じ、シロガネの遺伝子を持った猫じゃないですか」

「……あの人は、不満を覚えるのが嫌だって言ってた。普段は可愛がっていても、ふとした拍子に、シロガネと新しい子を比べてしまう。微妙な違いが気になって、最高の愛情を注げないかもしれない……それどころか、憎しみさえ覚える可能性すらある。だから、博嗣に頼んで、飼い主を探してもらったの」

「それは、自分と向き合いたくなかっただけじゃないですか」失礼な物言いだと分かっていたが、言わずにはいられなかった。「勝手にクローンを作っておいて、妥協するのが嫌だから手放すなんて、そんなの、エゴ以外の何物でもないでしょう」

花江は、まだ一度も口を付けていない紅茶を見つめ、深いため息を落とした。

「確かに、あなたの言う通りね。……本当に、ごめんなさい」

正方形のテーブルに、気詰まりな沈黙が訪れる。

莉乃は、柔らかな口調でそっとそれを破った。

「私たちは、有岡さんを責めるために、こうしてお話ししているわけではないんです。どうしても、お伝えしたいことがあって」

「……何かしら」

「そっくりな白猫が複数いることに気づいたそもそものきっかけは、私と彼が飼っていた猫が逃げ出し、この名栄病院の敷地で見つかったことでした。どちらも、家からは十キロ以上離れています。どうして、二匹はここにやってきたのでしょうか」

「どうしてと言われても……」

「猫が脱走したのは、先々週の水曜日です」

はっ、と花江が息を呑んだ。

「うちの人が倒れた次の日……」

「単なる偶然だと言ってしまえばそれまでです。でも、私たちはそこに、クローン猫たちの繋《つな》がりを感じました。ご主人が体調を崩して入院したことを、二代目のシロガネちゃんは理解した。そして、彼女はテレパシー的なもので、遠く離れたところにいる、二匹の『姉』にそのことを伝えた」

「だから、俺が飼っているコユキと、彼女が飼っているトリニティは、茂夫さんが運ばれたこちらの病院に急いで駆け付けた。……そういう風に解釈することもできると思ったんです」と圭吾は莉乃の言葉を引き継いだ。

「……あの子たちが」

花江はそう呟き、ハンカチを目に当てた。

「勝手な解釈ですけど、コユキもトリニティも、有岡さんのことを恨んではいないと思います。それどころか、恩義や感謝の気持ちを持っているんじゃないでしょうか。強引に家を飛び出し、はるかな道のりを歩き通してここにやってくるくらいに」

「……ええ、そうね。きっとそう。シロガネはとても優しい子だったから……」

圭吾と莉乃は視線を合わせた。言葉は交わさずとも、何かが通じ合った感覚が確かにあった。

莉乃は再び正面を向くと、居住まいを正した。

「一つお願いがあるんです。改めて、ご自宅に伺わせていただけませんか。私たちの猫を、『妹』に会わせてやりたいんです」

「ええ。大歓迎よ。少し前までは危なかったけれど、うちの人、ずいぶん持ち直したの。近いうちに退院できると思うから、その時に会いに来て。……きっと、あの子たちのお見舞いが効いたのね」

花江は眩しそうに目を細め、頬《ほお》を伝う涙をハンカチで拭った。

茂夫の病室に行くという花江と別れて、圭吾たちはバス停に向かった。

あいにく、つい数分前にバスが出たばかりだった。次のバスまで十五分以上ある。圭吾たちはプラスチックのベンチに並んで腰を下ろした。

「ようやく、すっきりしたかな」

「そうだね」と莉乃が頷く。「結局、ランスロットさんの言った通りだったね」

「探偵って名乗るだけはあるよ。……正直、現実だったのかどうか自信が持てないけど」

「あはは。私も私も」

白い歯を見せて笑って、莉乃は足をぶらぶらと前後に揺らした。

圭吾はベンチの背もたれに体を預け、大きく息をついた。

ぼんやりと、目の前の病院を眺める。下の方が白で上が青、二色に塗り分けられた建物がクーラーボックスに見えた瞬間、田野の言葉が頭の中に蘇った。

——猫は素直じゃないって言うけど、飼い主までそれを真似することはないんだよ。

「……素直、ね」

「ん？　何か言った？」

「いや、何でも」

圭吾は首を振り、胸に手を当てた。

普段より大きく跳ねている鼓動を感じながら、圭吾はどうやって莉乃を遊びに誘うかを考え始めていた。

第三話

アルパカ探偵、少年たちの絆を守る

1

上履きから通学用の白のスニーカーに履き替えて、江口速斗《えぐちはやと》は昇降口を出た。

校舎に沿って作られた花壇のひまわりは大きく花びらを広げ、自らも輝こうというように陽の光をたっぷりと浴びている。小学校の敷地内に植えられたサクラの木の幹では、無数のアブラゼミが盛んに鳴いていた。またこの時期が——少し憂鬱な、夏休みの始まりが来たんだな、と実感させる景色だった。

と、そこで右手から人の声が聞こえてきた。一つ上の学年である六年生たちが、いくつかのグループを作って下校を始めている。背後からは、同学年の友人たちの笑い声も響いてくる。

はっと我に返り、速斗は昇降口の前を離れて校門方面へと向かった。せっかく急いで教室を出たのに、こんなところでぐずぐずしていたら誰かに呼び止められてしまう。今日だけは、できれば一人で下校したかった。

小走りに校門を抜けたところで、「おーい、ハヤっちーっ」と叫ぶ声が聞こえた。脱出失敗、と速斗は胸のうちで呟いて振り返った。

ランドセルを揺らしながら駆けてきたのは、同じクラスの牛島龍太《うしじまりゅうた》だった。学年でもトップクラスの背の高さで、体つきもがっしりしている龍太が全速力で走ると迫力がある。足の裏が地面を踏むたび、微《かす》かに振動が伝わってくるようだった。

龍太は速斗の目の前で急ブレーキを掛け、「ふう、追いついた」と日に焼けた腕で額の汗を拭うふりをした。「急にいなくなるからびっくりしたぜ」

「ごめん、用があってさ。今日は遊びに行けないんだ」

「なんだよ、そういうことは早く言えよ。クラブの計画作り、すぐにやろうと思ってたのに」と龍太がスポーツ刈りの頭をがりがりと掻《か》く。「別の日にできないのかよ、その用事」

「どうしても今日じゃなきゃダメなんだ。ごめん。明日は大丈夫だから、会うことがあったら、ソッシーとシュンちゃんにも言っておいてよ。なるべく早く集まろうって」

手を合わせながらそう頼むと、「しゃーないな」と龍太はしぶしぶ頷《うなず》いた。「じゃあ、朝十時にオレんち集合な」

「十時ね。オッケー。じゃ、また明日」

速斗は手を振ると、龍太と別れて緩やかな坂を下って行った。

速斗の自宅は、小学校から徒歩で七分ほどのところにある。濃い鼠色《ねずみいろ》の屋根と、ベージュ色の外壁という、そっくりな見た目の家々が建ち並ぶ建売住宅の一軒だ。

鍵で玄関ドアを開けると、母の有希子《ゆきこ》がぱたぱたとスリッパの音を響かせながら出迎えてくれた。日中、有希子は働きに出ているが、今日は朝から休暇を取得していた。

「おかえり。すぐに出ようと思うけど、大丈夫？」

「うん。荷物だけ置いてくる」

背負っていたランドセルと体操着の入った袋を自分の部屋に置き、速斗はすぐに玄関に駆け戻った。

「じゃ、行こうか」

有希子と共に、自宅脇の駐車場に停めてある軽乗用車に乗り込む。さっき、自分の部屋を出る前にちらりと見た時計は、十二時十分を指していた。いつもなら給食が始まっている時間なのに、空腹はまったく感じなかった。今日だけは、胃もしんみりしているのかもしれない。速斗はシートベルトを締めながら、そんなことを考えた。

自宅を出た車は、比久奈《ひくな》市内を南北に貫く県道を北上し始めた。スーパーや牛丼屋や回転ずし店が交互に道の左右に現れ、さあっと後方に流れていく。正午を過ぎた街は、強い日差して白く染め上げられていた。

十分ほど車を走らせると、辺りの風景に緑が増えてくる。商業施設はまばらになり、その代わりに田んぼや畑、果樹園などが目立つようになる。

道が少し上り坂になり始めたところで、車は脇道に入った。急カーブを二度ほど曲がると、だだっ広い、がらんとした駐車場に出る。有希子は、駐車場の隅にあるトイレの近くに車を停めた。

助手席から外に出ると、むわっとした暑さに包まれた。まるで、地面の下に巨大な鍋があり、そこから立ち上る湯気で蒸されているような感じだった。

「あっついねえ」

有希子は麦わら帽子をかぶり、腰にポーチを着けてから、車の後部座席に手を伸ばした。

「どっちか持つよ、お母さん」

「じゃ、これ、お願いね」

緑と白と黄色の草花で構成された花束を速斗に渡し、ひしゃくが入ったバケツを持って、有希子はトイレの外の手洗い場に向かった。

コンクリート製の武骨な流し台にバケツを置き、そこに水を汲む。

「すごいよ、お湯が出てくる」と有希子は笑い、半分ほど水が入ったバケツを持って歩き出した。速斗は黙ってそのあとに続く。

　駐車場から続く、二十段ほどの階段を上る。その途中で、速斗は足元に目を落とした。等間隔に並ぶ灰色の直方体が一斉に姿を現す瞬間が、速斗は苦手だった。日常と非日常の境界線を目の当《ま》たりにするのが嫌だった。

　階段を上りきり、ゆっくりと顔を上げた。無数の墓石が、低い石の柵で囲まれた自分の領土を守るように堂々と立っている。去年ほどは怖くない。少し、自分も成長したのかもしれないな、と速斗は思った。

　有希子と並んで通路を進み、手前から三列目、一番右端の墓石のところに向かう。つるつるとした、濃い灰色の墓石には、「江口家之墓」と彫られている。

「お父さん。久しぶり」有希子は墓石に声を掛け、その周りをぐるりと歩いて確認した。

「うん、それほど汚れてないみたい」

　バケツをコンクリートの地面に置き、有希子はひしゃくで掬《すく》った水を丁寧に墓石に掛けた。表面にうっすらついていた砂埃が、すうっと流れ落ちていく。

　速斗は、持ってきた花束を二つに分けて、墓石の正面にある、二か所の花立てにそれぞれを差し込んだ。

　水を掛け終え、有希子はポーチから出した線香を香炉に供えた。全体をざっと見回して、

「うん、これでよし」と頷き、墓石の前に立った。

目を閉じ、手を合わせてうつむくと、「速斗も私も、一年間、健康に過ごすことができました。どうか、これからも私たちを見守っていてください」と有希子は早口で言った。

母に倣《なら》い、速斗も同じように手を合わせた。声に出すのは照れ臭かったので、「お父さん。聞こえる？　僕は元気だよ」と頭の中で天国の父親に呼び掛けた。

速斗の父、航兵《こうへい》は釣りが趣味で、週末には必ず、何人かの仲間と舟に乗って海釣りに励んでいた。

事故が起きたのは今から五年前。速斗が幼稚園に通っていた頃のことだった。

その日、航兵はいつものように朝から釣りに出かけた。

海は凪《な》いでいたが、沖に出てから急に霧が出たらしい。視界が利かなくなり、危険を感じた船長は、急いで港へと帰ろうとした。

生存者の証言によれば、「それ」はいきなり目の前に出現したのだという。

衝突の相手は、海上保安庁の巡視船だった。釣船はあえなく転覆し、その後、懸命の救助活動が行われたが、航兵を始めとする数人の命が失われた。ただ、極めて視界が悪かったこともあり、過失割合は半々と判断され、海上保安庁の責任がことさらに問われることはなかった。

事故後の母の様子がどんな風だったか、速斗はまったく覚えていない。かろうじて記憶に残っているのは、暑い夏の日差しの下、母と共に、父の眠る墓石の前にじっと佇《たたず》んでいる光景だけだった。


しばらく手を合わせ、速斗は振り向いた。視線がぶつかると、有希子はにっこり笑い、

「よし、帰ろう」と明るく言った。「お昼ご飯、ファミレスで食べようか」

「うん。そうしよう」

帰り支度を始めた有希子が晴れやかな表情をしていたので、速斗は安堵した。

父親のことは大好きだったし、二度と会えないことはとても悲しい。こうして父親の命日に手を合わせに行くのは当然のことだと思ってもいる。ただ、墓地にやってくるたびに、有希子が墓前で泣き崩れるのではと不安になってしまう。テレビドラマでいつかそういうシーンを見たせいかもしれない。だから、速斗はこの場所が苦手だった。

いずれにせよ、気詰まりなイベントは無事に終わった。四十日にわたる長い夏休みが、今、始まったのだ。

2

翌朝。速斗は午前九時半に家を出た。夏休み初日を歓迎するかのように、雲一つない晴天が広がっている。今日も暑くなりそうだ。

冷たい麦茶を入れた水筒。折り畳み傘。様々な資料を入れたクリアファイル。自由帳とボールペン。虫眼鏡。ビスケット。そして財布。七つ道具を納めたリュックサックを自転車の前かごに入れ、速斗はペダルを踏み込んだ。

集合場所である龍太の自宅までは、自転車で五分ほどの距離だ。調子よく歩道を走っていると、見覚えのある、青いヘルメットが目に入った。

信号待ちをしている彼の自転車の真横で、速斗はブレーキを踏んだ。

「ソッシー、おはよ」

一瞬、驚いたように口を開けたが、吉成《よしなり》宗士《そうし》郎《ろう》はすぐにいつもの落ち着いた表情に戻った。

「ああ、ハヤっち。おはよう」

「これからリュータのところに行くんだよね」

「そう。そっちはもういいのかい？　昨日は用事があったって聞いたけど」

「大丈夫、もう終わったから。八月三十一日まで、ずーっと自由に過ごせるよ」

「そっか。うらやましいな」少しずり落ちていた眼鏡を戻し、宗士郎はため息をついた。

「塾の合宿があって、八月の半分くらいはどこにも行けないんだ」

宗士郎の両親は教育熱心で、一人息子の宗士郎を私立中学校に入れるために塾に通わせている。宗士郎もその期待に応えて、テストでは常に好成績を維持していた。根が真面目で努力家なのだ。

信号が青に変わり、二人は同時に横断歩道を渡った。

縦に並んで自転車を走らせ、郵便局のところを右折して路地に入る。いつでもシャッターの閉まっているお好み焼き屋、二十四時間営業の薬局、小ぢんまりとして薄汚れた歯医者の前を順に通り過ぎると、やがて龍太の住むマンションが見えてくる。

十二階建てのマンションは、この近辺では一番背が高い。その玄関付近に、小柄な少年がいた。二階の高さまで伸びた、ケヤキの枝葉が作る影の中で、ぼんやりと地面を見つめている。

速斗は彼の目の前で自転車を停め、「なにしてるの、シュンちゃん」と声を掛けた。

蔵本駿《くらもとしゅん》は顔を上げ、目に掛かった長い前髪を指で払った。

「アリを見てたんだ」

「ふーん」足元を見回すと、二十匹ほどのアリが、一センチ角に割れた飴を運んでいるのが見えた。「あ、これか」

「重そうなのに、よく持ち上がるなあ、と思って」

「確かに……」

駿と一緒にその場にしゃがみ込み、アリの行く先を目で追っていると、宗士郎の影がコンクリートにすっと差した。

「二人とも、こんなところで固まってたら邪魔だよ」

「あ、ごめんなさい」と駿が慌てた様子で立ち上がる。

「結構面白いよ、これ」

「そういうのは低学年に任せておけばいいんだよ。僕たちはもっとレベルの高いことをやらなくちゃ」と大人びた口調で言って、宗士郎は速斗の腕を取った。「行こう。もうすぐ約束の時間だよ」

「そうだね。じゃあ開けてもらおう」

インターホンで八〇二号室を呼び出し、応答に出た龍太に、三人揃って到着したことを告げた。「早く上がってこいよ」の一言と同時に、玄関ドアのロックが解除される。三人で中に入り、エレベーターで八階へ上がる。降りた目の前の部屋が、龍太の自宅だ。チャイムを鳴らすより先にドアが開き、龍太が顔を覗かせた。

「おう。さっそくやろうぜ。親はいないから、騒いでも大丈夫だぜ」

玄関脇の龍太の部屋にぞろぞろと入る。六帖《じょう》ほどの空間は、しっかりクーラーが効いていて涼しかった。

学習机の椅子に龍太が座り、速斗たちはフローリングの床に置かれたクッションにそれぞれ腰を下ろした。クラブの会議の時は、いつもこうして四人で車座になる。

ノートと筆記用具を準備すると、宗士郎は「さて」とメンバーを見回した。「この夏、僕たち、比久奈小学校探偵クラブが取り組むテーマを考えよう」


速斗たちが通う比久奈小学校では、四年生以上の児童は何かのクラブに入ることが義務付けられている。図書クラブ、マンガクラブ、料理クラブ、将棋クラブといった、人数の多いメジャーなクラブの他に、あやとりクラブやフリスビークラブなどの、マイナーなクラブもある。メンバーが二人以上いて、教頭先生の許可が出れば、誰でもクラブを新しく作れるのだ。

速斗は探偵が出てくるマンガや児童書が好きだったので、昨年、家が近所で昔から仲の良かった龍太と宗士郎を誘って、探偵クラブを作った。

クラブ活動の内容は、比久奈市内で起きている不思議な出来事の調査だ。警察が捜査するような本格的なものではなく、例えば、「河原に落ちているマネキンの腕がどこから来たのか」とか、「音楽室の肖像画が夜中になると笑うという噂は本当か」とか、そういう身近な謎を調べることをモットーとしている。

せっかくの夏休みに調査をしない手はない。新たな謎に挑むことは、終業式の三日前から決まっていたが、肝心の調査対象がまだ定まっていなかった。

しばらく全員で考え込んでいると、「あっ」と駿が顔を上げた。

「何か思いついた？」と速斗は彼に尋ねた。

「えっとね、アルパカ探偵のことを調べたらどうかなと思った」

「アルパカ？」龍太が大げさな声を上げ、「なんだよそれ」と顔をしかめた。

「その、僕もよく知らないんだけど、比久奈市内に出るんだって」

「それだけじゃ分からないよ。もっと詳しく説明して」

宗士郎は眼鏡に触れながらぐっと身を乗り出した。やや高圧的な口調に、駿は「あの、えっと」とうつむいてしまう。

彼は一人だけ四年生で、今年探偵クラブに加わった。年下の上に温和な性格なので、振る舞いはどうしてもおとなしいものになる。「まあまあソッシー、落ち着いて」と速斗は間に割って入った。

「シュンちゃん。一回、深呼吸しよう。それから喋《しゃべ》るといいよ」

うん、と頷き、駿は大きく息を吸い込み、はあ、と吐き出した。

「じゃ、アルパカ探偵のこと、話してよ」

「あのね、僕が見たんじゃないんだ。近所のコンビニで、高校生の人が喋ってるのを聞いただけ。なんかね、不思議な謎が解けなくて困ってると、アルパカがやってきて、すぐに解決してくれるんだって」

「アルパカって、どんなんだっけ」

首をかしげる龍太に、「こういうのだよ」と宗士郎が簡単な絵をノートに描いて見せた。

「首が長いのと、毛がもこもこしてるのが特徴だね」

「ふーん。でも、動物だろ？　どうしてそれが探偵になれるんだよ」

「……え、えっと、分かんない」

「いくらなんでも、それは嘘だよ」宗士郎が冷たく言った。「調べるだけ無駄だと思うな、僕は」

「確かにな」と龍太も同意する。駿はもう泣き出しそうになっていた。

「あっ、じゃあさ！」雰囲気を変えようと思い、速斗はわざと大きな声を出した。「ナンバープレートの落書きはどう？」

「なんだい、それは」と宗士郎がシャープペンシルを握り直す。

「これを見て」

速斗はクリアファイルから、「地域のお知らせ」のコピーを取り出した。速斗の住んでいる町内で半月ごとに発行されているもので、近隣での催し、事件や事故、不審者情報などがまとめられている。

覗き込むようにして、龍太が文章を読み上げる。

「えーっと、なになに……『最近、車のナンバープレートが落書きで汚される事件が連続して起きています。車をお持ちの方はご注意ください』……か」

「そういえば、僕のお父さんもそんなことを言っていたような気がする」宗士郎がメモを取りながら言う。「比久奈東町と隣の比久奈中町で、そういう事件が起きているって」

「面白そうじゃん、それ」龍太は好奇心を瞳にみなぎらせている。「警察も調べてるのかな？」

「見回りくらいはしてるかもしれないけど、本気で捜査はしてないんじゃないかな。イタズラとそんなに変わらないから」

「じゃ、決まりだな。ハヤっちもシュンも文句はないよな」

ほっとした様子で駿が頷く。「いいよ、そうしよう」と速斗も賛同した。

「やるからには本気だぜ。オレたちで犯人を捕まえるんだ」

「いや、危ないことはやらないよ。犯人が分かったら、ちゃんと大人に言うから」

「なんだよソッシー。だらしないな」

「安全第一だよ。それは絶対だからね」

龍太と宗士郎が方針を巡って軽い口論を始める。いつものことだ。冒険に憧れる龍太と、無茶をせずにルールを重視する宗士郎の間では、しょっちゅう言い争いが起こる。ある意味、これもクラブ活動の一環と言ってもいいだろう。

二人の様子を、駿はぼんやりと眺めている。速斗は彼の耳元に顔を寄せ、「アルパカ探偵、僕は面白いと思ったよ」と言った。

駿は速斗の顔を見つめながら何度か瞬きをして、「だよね」と微笑んだ。

「そうだよ、すごく面白いよ」と速斗も笑った。

3

調査テーマが決定し、速斗たちはさっそく探偵活動をスタートさせた。

龍太の自宅マンションをあとにし、四人で揃って比久奈駅方面へと向かう。駅は速斗たちの家がある比久奈東町の北端付近にあり、バスロータリーの周囲には、書店や生花店、ドーナツショップや喫茶店などが弧を描くように建ち並んでいる。

速斗たちは駅の無料駐輪場に自転車を停め、ハンバーガー店の隣に建つ、比久奈駅前交番を訪ねた。

「おはようございます」

宗士郎が先頭に立って、ガラス戸を引き開ける。机で書類を書いていた半田《はんだ》が顔を上げた。丸くて大きな顔と、それと対照的な細い手足を持つ彼は、この交番に勤務する警官だ。クラブの調査で町内を散策している際に出会い、それで親しくなった。警察学校を出てまだ二年目と若く、顔つきも態度も優しいので、こうして気軽に足を運ぶことができる。

「お、少年探偵団」

「ちげーよ」と龍太が馴れ馴れしく言う。「少年探偵団じゃなくて、探偵クラブだって。いい加減、覚えてくれよ」

「ああ、そうだったね。ごめんごめん」半田は照れ笑いを浮かべ、制帽を脱いで頭を掻いた。

「それで、どうしたんだい今日は」

「ナンバープレートの落書き事件について調べているんです」

宗士郎がそう言うと、「ああ、あれか」と半田は頷いた。

「どういう事件なんですか」と速斗は尋ねた。すかさず、宗士郎がポケットからメモとシャープペンシルを取り出す。メモを取るのは彼の役目だ。

「大したことはないんだけどね。駐車場に停めてあった車のナンバープレートに、何者かが赤いスプレーを吹きかけていく、ってことが何回か起きてるんだ」

「スプレーで何か文章を残していくんですか」

「いや、そういうのじゃないね。犯人は長方形に対角線を引くみたいに、バツ印を付けてる。しかも、汚されるのはナンバープレートだけで、今のところは車体の方は無事なんだ」

「へー。犯人は、ナンバープレートに恨みがあんのかな」と龍太が呟いた。

「うーん、どうかな。よく分からないねえ」

「事件はいつから始まっているんですか」

「今月の初めくらいからだね。これまでの被害件数は六件だから、四日に一回のペースで落書きをしてる計算になるかな」

「犯人を目撃した人はいますか」

「いや、探してるけど目撃情報はないね。どうも、夜中から早朝の間の、ひと気がない時間帯にやってるらしいよ」

今後は夜間のパトロールを強化する予定だ、と半田は付け加えた。

「犯人の行動に、何か法則はありますか」と、速斗に代わって宗士郎が質問をした。

「お、すごいね、『法則』だって。本職の探偵みたいな言葉遣いだね」

半田が嬉しそうに言う。宗士郎は「別に普通です」とクールに眼鏡を直して、「どうですか？」と改めて訊《き》いた。

「いや、特にはないような気がするけど……」

「被害状況を教えてもらうことはできますか」

「注意喚起のポスターを作ったんだ。街角の掲示板に貼ろうと思って。被害に遭った人の名前は書いてないけど、それでよければ一枚あげるよ」

半田は引き出しから、A3判サイズのポスターを取り出した。事件の概要の下に、比久奈東町を中心とした地図が印刷されており、事件現場に丸が付いている。

「おっ、いい仕事するね」龍太がぽんぽんと半田の肘《ひじ》を叩く。「さっすがー！」

「そう？　ありがとう」と半田はまんざらでもなさそうだ。

「お仕事中、どうもお邪魔しました。これで失礼します」

宗士郎が丁寧に一礼する。速斗たちもそれに倣い、「ありがとうございました」と頭を下げた。

「あ、念のために注意ね。調べるのは君たちの自由だけど、危ないところには行かないように。一人行動も避けてね。それから、夜になる前に家に帰ること。もちろん、ちゃんと宿題もやるんだよ。あと、熱中症にはくれぐれも気を付けて」

半田は腰をかがめ、全員を順番に見渡しながらそう言った。

速斗たちは元気よく「はい、分かりました！」と返事をして、交番をあとにした。

「これからどうしようか」と速斗は宗士郎に尋ねた。

「できれば被害者の人に話を聞きたいね。被害に遭った車に共通点があれば、犯行の『法則』を見つけられるかもしれない」

「それが分かると、犯人がどの車を狙うか分かるね」

駿の一言に、「どういうことだよ」と龍太が首をかしげる。

「あのね、法則って、犯人が決めたルールのことでしょ。だから、ルールが分かれば、次に落書きをする車を当てられるかなって」

駿の説明を聞いて、「なるほどな」と龍太は頷いた。

「それを警察に言えば、犯人を捕まえてくれるよな。よーし。じゃ、さっそく聞き込みに行こうぜ！　オレんちの近くに丸が付いてるし、まずはここからだな」

俄然張り切り出した龍太に引っ張られるように、速斗たちは再び彼の自宅マンション方面へと自転車を走らせた。

地図によると、龍太のマンションの裏手辺りで事件があったようだ。そちらに向かうと、二階建てのアパートがあった。外壁には黒い染みがいくつも浮き出ており、窓に嵌《はま》っている鉄製の枠は塗装がところどころ剝げてまだらになっている。二階の右端の部屋からは、ドンドンと低い重低音が聞こえてくる。かなりの大音量で音楽を聞いているようだ。

「なんだか、みすぼらしいところだね」宗士郎がアパートを見上げながら呟く。「あっちに駐車場があるみたいだ」

アパートの裏手に回ると、小ぢんまりとした駐車場があった。地面は砂利で、ロープで六つに区切られている。停まっている車は黒や紫で、妙に車高が低いものばかりだった。

「これって、あれじゃないのか」龍太が顔をしかめながら言う。「暴走族の……」

「お前ら、何してるんだ」

背後から野太い声が聞こえ、速斗たちはぴたりと動きを止めた。恐る恐る振り返ると、頭を金色に染めた、タンクトップの男が立っていた。年齢は二十歳くらいだろうか。目つきが鋭く、鼻には銀色のピアスが光っていた。

「いや、オレたちは別に」

龍太がこわばった表情で後ずさる。宗士郎も駿も、体がすくんでしまっているようだった。

速斗は三人をかばうように一歩前に出た。

「僕たち、ナンバープレートの落書き事件について調べているんです。ここで、事件があったんですか」

金髪男は速斗をぎろりと睨みつけ、「ああ、あったよ」と黒のミニバンを指差した。バンパーのすぐ上に付いているはずのナンバープレートは取り外されていた。

「昨日の朝、ここに来てみたら赤のスプレーで落書きされてたんだよ。ったく、くだらねーことするヤツもいたもんだ」

「ナンバープレートはどうしましたか」

「外して洗ったり、溶剤で拭いたけどダメだった。綺麗にならなかったから、再交付してもらうことにしたよ。いろいろ面倒臭いんだ、手続きが」

「もしよかったら、ナンバープレート、見せてもらってもいいですか?」

そう切り出すと、金髪男は「ああん?」と眉間にしわを寄せた。「んなもん、見てどうするんだよ」

「役に立つかどうかは分かりませんけど、情報を集めたいんです」

「情報ねえ。今のガキは難しいことを考えるんだな……ま、別にいいけどさ。ちょっと待ってろよ」

　金髪男は首の後ろを掻きながら、アパートに入っていった。

「すごいね、ハヤトくん」駿が興奮した様子で言う。「あんな怖そうな人なのに、ちゃんと話ができるなんて」

「悪いことしてるわけじゃないし、ちゃんと説明すれば大丈夫だと思ったんだ」

「こういう時に、一番勇気があるのはハヤっちだよな」と龍太。「なんていうんだっけ、こういうの。キモがどうとか……」

「肝が据わっている、だね」と宗士郎がすかさず補足する。「さすがはクラブのリーダーだよ」

「いや、そんなことないよ。普通だよ」と謙遜して、速斗は改めて駐車場を見回した。金髪男のミニバン以外にも、車は何台か停まっている。どうして彼の車だけが落書きされたのだろう。そこにこそ、犯行の法則を突き止めるヒントがあるのかもしれない。

「せっかくカメラがあるんだし、車の写真撮っておこうよ」

「よし。任せろ！」

　家から持ってきたデジタルカメラを構え、龍太は金髪男のミニバンを撮影した。

　しばらくすると、ナンバープレートを持って金髪男が戻ってきた。プレートの番号は「ふ1215」だった。彼の交際相手の誕生日が十二月十五日で、それにちなんで指定したそうだ。

「……えっと、こっちも写真、撮っておこうかな」

龍太は金髪男を気にしながら、デジカメのシャッターを押した。多少薄くなっていたが、スプレーで描かれたバツ印ははっきりと見て取れた。

調査に協力してくれたお礼を言い、速斗たちはいったん龍太の自宅マンション前まで戻ってきた。

「この調子で、丸が付いているところを全部調べよう。被害に遭った車の写真を撮るんだ」

地図を見ながら、宗士郎が提案する。「そろそろ昼ご飯の時間だから、いったん解散して、またここに集合しようか。午後からは二人ずつに分かれよう」

「そうだね。じゃあ、僕はシュンちゃんと回るよ」

速斗はすかさずそう言った。他の三人からは特に異論は出ず、速斗・駿ペアと、龍太・宗士郎ペアの二手に分かれて調査を進めることになった。

4

午後二時。速斗は駿と共に午後の調査をスタートさせた。半田からもらった地図のコピーと、龍太に借りたデジカメを持ち、比久奈東町に隣接する、比久奈中町へと向かう。

駅の西側に広がる比久奈中町の中央付近には、名栄《めいえい》病院という大きな病院がある。一軒家は少なく、アパートやマンション、スーパーや家電量販店などが多いエリアだ。

真昼の街は、あちこちでストーブを焚《た》いているのでは、と疑いたくなるほどの暑さに包まれていた。比久奈中町には、合計で三つ丸がついている。急げば一時間もかからずに終わるが、速斗は休憩を挟みながら、のんびり街を回るつもりだった。

駿は体が強い方ではなく、体育の時間に熱中症になりかけたこともあると聞いている。四人で行動すれば、龍太に引っ張られてどうしても急ぎ足になる。二人で行動できる時くらいは、なるべく駿に負担を掛けたくなかった。

日陰の多い道を選びながら、速斗は速度を上げすぎないように自転車を走らせる。やがて、被害があったと思われる地区に到着した。

「えーっと、地図によるとこの辺りみたいなんだけど」

「そっちじゃない？」

駿が、公園の横のアパートを指差す。三階建てで、同じ形のくすんだ水色の建物が二棟並んでいる。アパートの前は駐車場になっていて、白い軽乗用車が三台停まっていた。

アパートに近づいたところで、「あれ」と速斗は足を止めた。軽乗用車のナンバープレートには、すべて同じ「・777」が刻まれている。

「すごいね、これ。偶然なのかな」

「違うよ、ハヤトくん。これはたぶん、カーシェアリングだと思う」

「なんだい、それ」

「この車は全部、アパートの大家さんのものなんだよ。それで、住んでる人に車を貸すんだ。車付きの家ってこと。そうすれば、住んでる人は自分で車を買わなくていいし、駐車場のお金も掛からないでしょ。分かりやすいように、同じ番号を付けたんじゃないかな。くださいって言えば、好きな番号をもらえるみたいだから。777ってことは、もしかしたら、大家さんがパチンコ好きなのかも」

「へーっ」速斗は驚きの声を上げた。「よく知ってるね」

えへへ、と駿は嬉しそうに笑った。一つ下の四年生だが、読書好きの駿は、特定の分野に対しては大人並みの知識を持っている。こうしてクラブ活動をしていると、時々その知識量に唸らされることがある。

「面白いね。そういうのもあるんだ。ここで落書きの被害があったかどうか、住んでる人に訊いてみようか」

速斗はさっそく、右側の建物の左端、一〇一号室のチャイムを鳴らした。

しばらく待っていると、がちゃりとドアが開き、四十歳くらいの背の高い男性が顔を覗かせた。ハバネロのように顔が細長く、Tシャツに短パンというラフな格好をしている。突き出た顎《あご》の先には無精《ぶしょう》ひげが生えていた。

訪ねてきたのが小学生二人と気づき、男性は「ん？　ウチに何の用？」と怪訝《けげん》な顔をした。ナンバープレートの落書き事件について調べていると説明すると、「ああ、はいはい」と男性は小刻みに頷いた。

「それなら、隣に住んでる大学生だよ。乗ってるバイクがやられたんだってさ。アパートの共用車じゃなくて、自分のやつ。特撮ヒーローが乗るような、本格的なバイクだね。本人に話を聞きたいかい？」

「お願いします」

「うん、じゃあ行こうか。この時間だと、家にいると思うから。ちょっと待ってて。ズボン穿いてくる」

男性はドアを閉めかけて、「あれ？」とその手を止め、速斗をまじまじと見た。

「……君さ、ひょっとして、江口速斗くん？」

「はい。そうです。あの、どうして分かったんですか」

「君のお父さんの釣り仲間だったからだよ。釣堀で知り合ってね。それから時々、一緒に釣りに行ったよ。あの人は筋金入りの釣り好きだったなあ……」と男性は目を細めた。「君の写真、お父さんに何回も見せてもらったよ。『息子が大きくなったら、一緒に釣りに行くんだ』って、口癖みたいに言ってたっけ。……叶えてあげたかったな」

予想もしないところから父の話が出たので、うまく返事ができなかった。速斗は目を伏せ、そうですか、とだけ言った。

「あ、ごめんね。つい、懐かしくって。すぐ戻ってくるから」

男性が慌てた様子でドアを閉めた。その様子を見ていた駿が、「ハヤトくんのお父さんって……もしかして」と遠慮がちに尋ねてきた。

「事故でね、ずっと前に死んじゃったんだ」と速斗は努めて明るく言った。

「……交通事故？」

「交通って言っていいのかな。海で船に乗ってて、他の船とぶつかったんだ。相手は、海上保安庁の船でさ。大きさが全然違ったから、簡単にひっくり返っちゃって……」

ありのままに伝えると、「海上保安庁……」と呟き、駿は口を噤《つぐ》んでしまった。

まただ。父親が海の事故で亡くなったと聞くと、みんなこんな風に、沈んだ表情になる。だから、速斗はなるべく父親の話をしないことにしていた。

これからは、もっと気を付けないと。速斗は自分にそう言い聞かせ、足踏みをしながら男性が出てくるのを待った。

午後四時半。聞き込みを終えて龍太のマンションに戻ってくると、二人は部屋でテレビゲームをしながら待っていた。

「リュータ、ソッシー、お待たせ」

「遅かったな。喉渇いただろ。サイダー持ってくるよ」

龍太が立ち上がり、部屋を出て行く。宗士郎はゲーム機の電源を落とし、二人に座布団を勧めた。

「ずいぶん一生懸命話を聞いていたんだね」

「そうだね。みんな、すごく親切でさ。たくさん話をしてくれたよ」

「ふうん。早く解決してほしいと思ってるんだろうね」と言い、宗士郎はそこで表情を曇らせた。「……シュン、大丈夫？　元気ないけど」

「え、うん、なんでもないよ」

駿はふるふると首を振った。彼の口数が減っていたことには、速斗も気づいていた。速斗の父親の話を聞いてから、ずっとこの調子だった。

同じ話題が出れば、余計に駿は悲しい気持ちになる。話がそちらに向かわないかと心配していたところで、タイミングよく龍太が戻ってきた。

速斗は差し出されたグラスを受け取り、「調査はどうだった？」と尋ねた。

「うん。あのあと地図の丸のところを調べたけど、持ち主に会えたのは一か所だけだったな。ま、昼間だし、平日だし、しゃーないかな。そっちはどうよ」

「こっちは二か所で話を聞けたよ。写真も撮った」

「そっか。んじゃ、パソコンで見るか」

龍太はデジカメを受け取ると、撮影データの入ったＳＤカードを抜き取り、学習机の上にあったノートパソコンに差し込んだ。手慣れた様子でマウスを操作し、写真のファイルを移していく。運動が得意で、外で遊ぶことの多い龍太だが、パソコン関連の知識は、クラブでは彼が一番だった。龍太の父親はＩＴ企業に勤めるエンジニアで、デジタル関連の道具を次々と彼に買い与えているそうだ。

「よし、できた。適当に見やすい場所に座り直してくれ」

龍太がノートパソコンを床に置く。画面には、最初に撮影した金髪男のミニバンが表示されていた。

「今日の調査では、六件のうち、四件のデータが集まったことになるね」宗士郎が写真を切り替えながら言った。「車が三件、バイクが一件か……」

「バイク？　犯人は車を狙ってるんじゃないのか」龍太が首を捻《ひね》る。「落書きの目的は何なんだろうな」

黒のミニバン、白の軽トラック、黒のバイク、紫の軽乗用車……速斗は手を伸ばし、もう一度最初から写真を表示させていった。

「車体の色には共通点はないね」

「そうだね。ねえ、ハヤっち。ナンバープレート、そっちの二件はどう？　軽トラックの人は新しくしたって言ってたけど」と宗士郎が質問した。

「付け替えたって。だから、落書きの痕を確認できたのは、あの金髪の人のやつだけ」

「ふうん……」何気なく宗士郎がキーボードに触れると、画像表示モードが切り替わり、撮影した写真の縮小版が画面にずらりと並んだ。「あ、間違えた。ごめん、リュータ。元に戻すの、どうやるの」

「ああ、簡単だよ。〈表示〉のところで大きさを設定すれば……」

龍太がノートパソコンの前に移動する。と、そこで彼はぴたりと手を止めた。目を大きく見開き、画面を凝視している。

「どうしたの？」

黙って成り行きを見ていた駿が、不安そうに尋ねる。龍太はいきなり立ち上がり、「分かったかもしんねーっ！」と拳《こぶし》を突き上げた。

「分かったって、何が？」

宗士郎が訝《いぶか》しげに眼鏡を持ち上げる。龍太は興奮した様子で、「だから、落書きの『法則』だよ！　犯人の狙いが分かったんだ！」と言った。

「えーっ！」

速斗、宗士郎、駿の声がシンクロした。「どういうこと？」と速斗は三人を代表して尋ねた。

「ナンバープレートの数字をよく見ろよ」

画面に目を移す。1215、9554、8042、3238……四枚のプレートを撮影した画像を順に見ていくが、龍太の言う「法則」は見えてこない。

「分かんない？　足し算、引き算、掛け算、割り算を使っていろいろ試してみろよ。どれも10を作れるだろ」

そう言って、龍太は宗士郎のノートに数式を書いた。

1－1＋2×5＝10
（9×5－5）÷4＝10
8＋2＋4×0＝10

3×8÷3＋2＝10
「ほら、なっ！」

ノートを見せられると、確かにそうなっている。どれも、10を作れる組み合わせばかりだ。

「へえ。やるじゃん、リュータ」

宗士郎は感心したように言う。龍太は得意げに「まあな」と親指を立ててみせた。龍太は昔からそろばんを習っているので、暗算が得意だ。

ふと疑問が浮かび、「でも」と速斗は腕を組んだ。「それにどういう意味があるんだろう。落書きをするってことは、相手を困らせたいわけだよね。ナンバープレートの番号に対して怒ったりするかな？」

「そんなこと、オレたちに分かるわけないだろ。法則を決めたのは犯人なんだから」

いちゃもんをつけられたと思ったのか、龍太は不満そうに口を尖らせる。

「確かにリュータの言う通りだよ。悪い人は何を考えるか分からないからね。たぶん、僕たちには思いつかないような理由があるんだよ」

「そうなのかな……シュンちゃんはどう思う？」

意見を求めると、駿は「僕は……」とうつむき、数秒の沈黙を挟んで、「違う気がする」とぽつりとこぼした。

「違うって、どういうことだよ」

龍太がケンカ腰で言う。駿はさらに深くうつむいて、「10になったのは、たまたまなんじゃないかなって……」と消え入りそうな声で答えた。

「なんだよ、それ。オレの言うことが気に入らないのかよ。お前、計算苦手だから、それで文句を言ってるんじゃないのか」

確かに駿の学校の成績はあまりよくないらしい。しかし、それをこの場で持ち出すのは公平ではない。

「リュータ、それはダメだよ。ルール違反だ」と速斗は言った。「推理をする時は、自由に意見を出し合っていい――それが、僕たちのクラブの決まりじゃないか」

龍太もばつの悪さを感じたようだ。「ごめんな」と素直に駿に謝った。

「犯人の考えは分からないけど、リュータの推理は合ってると思う」メンバーを順に見ながら宗士郎が言う。「ただ、それを警察に話すのはまだ早い気がするんだ。『で、犯人の目的は？』って訊かれても僕たちは答えられないし、そもそも、ちゃんとした証拠を揃えないと子供の意見なんて聞いてくれないからね。だから、次に狙われる場所を僕たちで見つけよう。それがもし合っていたら、きっと大人も信じてくれるよ」

「待ち伏せして犯人を捕まえるんだな！」

「いや、それはやらない約束だよ。危ないことはやめよう」と速斗は龍太をたしなめた。

「数字を組み合わせると10を作れるナンバーの車を探して、それを地図にメモしておけばいいかな」

「そうだね」と宗士郎が頷く。「今日はあんまり時間がないから、明日の朝、十時頃にここに集合して、分担を決めて調査をしよう。一人でできることだから、四人でバラバラにやれば早いと思うな」

「ま、とりあえずそうすっか」と龍太は渋々同意した。

「じゃあ、そろそろ帰ろうか。また明日ね」

速斗たちは空いたグラスをキッチンまで運んでから、龍太の自宅をあとにした。

下に降りるエレベーターを待ちながら、速斗は後ろにいた駿の表情を窺《うかが》った。難しい顔をして、じっと自分の靴を見つめている。

速斗の視線に気づき、駿が顔を上げた。

「……なに？」

「いや、元気がないなあと思って。疲れちゃった？」

「……うん、ちょっと」と駿は弱々しい声で答える。

「暑いからね、外。今日はゆっくり休んだ方がいいよ。明日、また調査があるからね」と宗士郎がアドバイスした。

駿は「……そうする」と呟き、また黙り込んでしまう。

本当に、ただ疲れているだけなのだろうか。普段とは違う、どこか思い詰めたような駿の様子が気になったが、速斗はそれ以上何も訊けないまま、到着したエレベーターに乗り込んだ。

5

翌日。昨日よりさらに夏らしさを増した日差しの下、速斗は集合時間の五分前に龍太のマンションにやってきた。

背中のリュックには、いつもの七つ道具と、次の被害「車」候補の場所に丸を付けた地図が納められている。ここに来る途中に、電卓片手にざっと調べたものだ。何台に一台くらい見つかるか見積もるためだったが、10を作れる数字の組み合わせは思った以上に多く、地図はあっという間に丸だらけになってしまった。おそらく、相当な数の車がこの条件に該当するのだろう。その中から次の被害車を決めるのはかなり難しいのではないか。

本当に、この進め方でいいのだろうか。速斗は首をかしげながら、八階に上がった。

　玄関ドアを開けると、龍太と宗士郎が揃って顔を出した。

「おはよー、ハヤっち。シュンは一緒じゃないのか」

「来る時は会わなかったよ」

「そっか。まあそのうち来るだろ。部屋で待ってようぜ」

　ちりっ、と首の後ろを嫌な予感が掠めた。昨日の駿の様子を思い出しながら、速斗は家に上がった。

「あのさ、ちょっとだけ調べてみたんだけど」

　速斗が調査結果を伝えると、宗士郎も「僕も、たくさん見つけちゃったよ」とうんざりしたように言った。「もしかしたら、ほとんどのナンバープレートで10を作れるんじゃないかな」

「ソッシーもハヤっちもか……」と龍太は沈んだ声で呟く。「オレも一緒。昨日の夕方、マンションの周りを調べてみたんだ。最初は調子よく計算してたんだけど、だんだん疲れてきてさ。途中でやめちゃったよ」

　三人で車座になり、うーんと唸る。

「このままやっていっても、次の落書き場所を決められないかもね」と、速斗は自分の考えを口にした。

「くっそー。合ってる気がするんだけどな」龍太は悔しそうだ。「ひょっとしたら、別の数字なのかな」

「10じゃなくて20だとか？　でも、それなら30とか50の可能性もあるよ。結局、犯人が何を考えてるのか分からないと、計算しても意味がないよ」

宗士郎は冷静にそう指摘する。しかし、対案はないようで、それきり口を閉ざしてしまった。

速斗はそこで壁の時計を見上げた。話をしているうちに、時刻は十時十五分になっていた。

「……シュンちゃん、遅いね」

「そうだな。あいつが遅れるの、珍しいな。いつもちゃんと時間通りに来るのに」

「暑さが苦手なんだよ。昨日、疲れてるみたいだったし、まだ寝てるのかも」

「気になるから、見てくるよ」腰を上げたところで、駿の自宅の場所を知らないことに気づく。「シュンちゃんの家、どこか分かる？」

「ウチから近かったと思う。僕も一緒に行くよ」と宗士郎も立ち上がる。

「それならオレも行く。みんなで迎えに行こうぜ」

行こう、と言って速斗は玄関に向かった。最初は微かだった「嫌な感じ」が、どんどん強くなっていた。ただの気のせいでありますようにと願いながら、速斗は急いで靴を履いた。

駿が住むマンションは、比久奈東町の東の端、速斗たちが通う小学校から五百メートルほどのところにあった。

四階建ての、やや古びた白い外壁のマンションの玄関付近には、なぜか半田がいた。速斗たちは彼のすぐそばで自転車に急ブレーキを掛けた。

「おおっと」と半田がのけぞる。「少年探偵団……じゃないや、探偵クラブの諸君じゃないか。朝から元気だな」

「おはようございます。半田さんは、どうしてここに」

速斗の問いに、半田は制帽を脱いで頭を掻いた。

「いやね、ここの駐車場でちょっとした事件があってさ。それで確認に来たんだ」

「……事件？」

「車のナンバープレートに粘着テープを貼るイタズラだよ。住人から通報があってね」

「それは、スプレーの落書き事件と同じ犯人ですか」

「いや、うーん、どうなんだろう。一台だけじゃなく、停まっていた車全部だったし、違うと思いたいんだけどね」と半田が言葉を濁す。

「思いたい、って、どういうことですか」と宗士郎が怪訝な顔で訊く。

「……その様子じゃ、君たちは何も知らないみたいだね。イタズラの犯人は、蔵本駿くんなんだ。君たちの仲間の」

仲間。その言葉に、速斗の胸がどきんと大きく震えた。

「シュンちゃんが……？」

「そうみたいなんだ。まあ、『犯人』って言っても、大騒ぎするほどのことじゃないんだけどね。ただ、さっき会ってきたところなんだけど、駿くんが何も話してくれなくて……って、どうしたの！」

半田の制止を振り切って、速斗は玄関からマンションに飛び込んだ。郵便受けの名前を確認する。「蔵本」は三〇三号室だった。

エレベーターを待つのがもどかしく、その脇の階段を駆け上がっていく。後ろから、龍太と宗士郎の足音が追い掛けてくる。

「どうしたんだよ、ハヤっち！」

何も答えずに、速斗はひたすら足を動かす。

ナンバープレートへのイタズラ。連続して発生していたスプレーによる落書き事件のことがどうしても思い浮かぶ。

部屋にたどり着き、たまらず速斗はインターホンを鳴らした。

「はい。どちら様ですか」

すぐに、女性の声が返ってきた。

「あの、江口です。駿くんの友達の」

「ああ、はい。遊びに来てくれたのかな」

「いえ、えっと、話をしたくて。呼んでもらっていいですか」

「ちょっと待ってて」

ぷつり、と声が途切れる。龍太と宗士郎が外廊下をバタバタと駆けてやってきた。

「なあ、ハヤっち。どういうことなんだ」

龍太に訊かれたが、首を横に振るしかなかった。事情が呑み込めないのは速斗も同じだった。

がちゃり、と鍵が外れる音がした。ドアがゆっくりと開き、色白の、痩《や》せた女性が外に出てきた。駿の母親だろう。

「ごめんね、せっかく来てくれたのに。駿、ちょっと気分が悪いんだって。今日は家にいさせてやってくれるかな」

「……はい」と頷くしかなかった。もう一度「ごめんね」と謝って、駿の母親は家に入っていった。

閉ざされた鉄のドアの前でため息をつき、速斗はその場を離れた。

半田は、マンションの玄関にまだ佇んでいた。速斗たちを見て、「どうだった？」と尋ねてくる。「駿くんと会えたかい」

「ダメでした。気分が悪いって」と答えて、宗士郎はぎゅっと拳を握り締めた。

「そうかあ。なんとか話を聞きたいんだけどね。どうも、かなり動揺してるみたいだなあ」

「粘着テープを貼るって、どんな風にですか。やっぱりバツ印でしたか」

「ん？　そういうんじゃないね。イタズラに気づいた人が剝がしちゃったから詳しくは見てないけど、濃い緑色のビニールテープを細く切ったものをくっつけたみたいだ」

「細く？　うーん。わけ分かんないな」と龍太が頭を掻きむしる。「シュンのヤツ、何考えてるんだ」

「気になるけど、仕方ないね。出直すよ」制帽の傾きを整えて、半田は白い警察用の自転車にまたがった。「じゃ、交番に戻るから。もし何か分かったら教えてよ」

自転車が遠ざかっていくのをぼんやりと眺めながら、「今日は、もう解散にしようか」と速斗は言った。

同じ気持ちだったのだろう。宗士郎と龍太は無言でこくりと頷いた。

6

家に帰り、速斗は自室のベッドにごろりと寝転んだ。

駿はなぜ、自分たちを拒絶したのだろう。そして、なぜ意味の分からないイタズラをしたのだろう。考えたくないのに、じっとしているとその疑問が浮かんでくる。

思い返してみれば、クラブに入ってからずっと、駿は速斗たちとうまくやってきた。ケンカどころか、怒って文句を言うことすらなかった。それだけ仲良くやれたのは、探偵活動が魅力的で楽しいものだったからだろう。

駿にとって、年上の三人と共に行動するのは、楽しい経験だったのだろうか。ふと、そのことが気になった。

駿をクラブに誘ったのは速斗だ。

半年ほど前、まだ速斗が四年生で駿が三年生だった頃のことだ。図書館で借りる本を物色していた速斗は、江戸川乱歩の『怪人二十面相』を読んでいる男子に目を留めた。それが駿との出会いだった。彼は、小学校高学年向けとされているその本を真剣な様子で読みふけっていた。

速斗はつい数週間前に『怪人二十面相』を読み、探偵や怪人といった世界に魅了されていた。だから、思わず駿に声を掛けていた。「その本、面白い？」と。

駿が笑顔で頷いた瞬間、速斗は、この子を探偵クラブに誘おう、と決心した。

友達になれたと思ったのにな……。

駿との間に生じた初めてのすれ違い。それが二度と修復できないような、決定的な出来事のような気がして、速斗はひどく悲しくなった。


衝撃的な一報が飛び込んできたのは、翌朝のことだった。速斗がふらふらと起き出してきたのが午前八時前。仕事に出かける母を見送り、ぼんやりとテレビを見ていると、玄関のチャイムが鳴った。

訪ねてきたのは宗士郎だった。彼は速斗の顔を見るなり、「ハヤっち、大変だよ！」と興奮した様子で言った。普段は冷静な宗士郎が、上気して顔を赤くしている。それは、携わっている謎が解決に向けて大きく進展したことを意味していた。

「何かあったの」

「さっき、半田さんにたまたま会って、教えてもらったんだ。ナンバープレートの落書き犯が捕まったって！」

「え、それは……」

速斗は唾を飲み込んだ。それを見て、「違うよ、シュンじゃない」と宗士郎が言った。「僕たちの全然知らない、五十歳くらいの男の人らしいよ。昨日の夜中にスプレー缶を持ってウロウロしてたんだって」

「そうなんだ。よかった」速斗は胸を撫で下ろした。「リュータにはもう話したの?」

「ううん。これからなんだ。詳しい話は、全員が揃ってから半田さんに聞こうと思って」

「そっか。じゃあ、リュータを呼びに行こうか」

「そうしよう。あ、そうだ。実はさ……」宗士郎は言葉を切り、スイッチを入れるように眼鏡のつるに触れてから言った。「ここに来る前に、シュンの家に寄ったんだ。一緒に行こうって誘ったけど、断られちゃったよ。僕たちに会いたくないみたいだ」

どうして、の問いが自然と口からこぼれた。駿は落書き犯ではなかったのに、なぜ速斗たちを避けようとするのか。速斗にはまったく、駿の気持ちが理解できなかった。

その後、龍太と合流し、駅前の交番で半田から落書き犯の話を聞いた。

それによると、犯人の男性は「傾けて取り付けられたナンバープレート」を狙って、スプレーを吹きかけていたそうだ。

なんでも、彼は以前、自転車に乗っていて車に当て逃げされたことがあったのだという。道端に倒れ込み、痛みをこらえながら顔を上げ、走り去る車を視界に捉えた。ところが、ぶつけた車のナンバープレートが斜め下を向いていたために、番号を読み取ることができなかった。

斜めにする理由は、違反をした時に身元を特定されにくくするため、あるいは、単に格好を付けるためのようだが、いずれにしてもこれは道路交通法に違反する行為になる。ただ、あまり目立たない改造なので、警察に咎《とが》められることはほとんどないのだそうだ。

結局当て逃げ犯は見つからず、男性は腹いせに、違反車を自ら見つけて、警告のつもりでナンバープレートを汚していたということだった。ちなみに、被害を受けたプレートの番号が、計算で10を作れる数字になっていたのは単なる偶然であった。なお、四つの数字から計算で10を作ることをテンパズルと呼ぶそうで、約八割の確率で10を作れるのだという。

こうして、探偵クラブが何の活躍もできないまま、ナンバープレート落書き事件は一件落着となった。

だが、すでに速斗たちは新たな謎に直面していた。

駿はなぜ、ナンバープレートにビニールテープを貼るというイタズラをしたのか？

交番をあとにした三人は、龍太の自宅でその謎について相談をした。しかし、駿の行動の理由を読み解く推理は浮かばず、結局、「本人に訊くしかない」という結論に落ち着いてしまったのだった。

7

駿と会わなくなって、一週間が経過した。あれから何度か、速斗は駿の自宅を訪ねていたが、やはり彼は顔を見せようとはしなかった。

メンバーが一人欠けたことで、探偵クラブの活動にも翳《かげ》りが生まれていた。目の前に居座っている問題を放置したまま、三人で新たな調査テーマに取り組む気にはなれなかった。

八月一日、午前十時。その日も速斗は、一人で駿の自宅マンションに足を運んだ。三階に上がり、いつものようにインターホンを鳴らす。

名乗ってしばらくすると、駿の母親がドアを開けた。彼女は「あのね」と申し訳なさそうに言った。「昨日の夜、あの子が急に栃木のおばあちゃんのところに行くって言いだして……」

つい一時間ほど前に、父親と二人で出発したのだという。

「何か、僕たちのこと、言ってませんでしたか」

「ごめんなさいね、特には何も……」

駿の母親は、気の毒になるほど悲しげな顔をしていた。速斗は「失礼します」と早口に言い、逃げるようにその場をあとにした。

——迷惑に思ってたのかな、僕のこと。

そう思うと、ひどく悲しくなった。やはり、もう友達には戻れないのだろうか。

肩を落としながらマンションの玄関を出た時、目の前の道路を一台の車が通り過ぎた。そこで速斗は、まだマンションの駐車場を見ていなかったことに思い至った。現場の調査は基本中の基本なのに、速斗だけでなく、宗士郎も龍太も一度もそのことを口にしなかった。駿がイタズラをした理由を突き止めるのを、心のどこかで怖がっていたのかもしれない。

このままではいけない、と速斗は改めて思った。諦《あきら》めてしまったら、本当に仲直りができなくなってしまう。駿の気持ちをちゃんと「推理」する。そして、正面からきちんと駿と向かい合うのだ。

マンションの側面が駐車場になっていた。五台ほどのスペースがあったが、出払っているらしく、停まっている車は一台だけだった。車体は白で、ドアが四つ付いた、どこにでもあるような乗用車だ。

ナンバープレートを確認すると、番号は「た・118」だった。

しばらく辺りを見て回ったが、特に気になるところを見つけられず、速斗は悄然《しょうぜん》と駐車場を離れた。

自転車に乗り、ひと気のない路地をゆっくり進んでいく。

夏休みに入ってからずっと晴天続きで、日中の最高気温が三〇度を超える日々が連続していたが、今朝は厚い雲が頭上を覆っており、空気も涼やかだ。八月を飛ばして、一気に十月までワープしたような気分だった。

ペダルをこぎながら、何度目かのため息をついた時、路地の突き当りの角から、ふっと影が躍り出た。

現れたのは、一頭の真っ白なアルパカだった。

突然の出来事にバランスを崩しそうになり、速斗は慌てて自転車から降りた。

長い首をゆーらゆーらと揺らしながら、いかにも暑さにうんざりしているというように、アルパカがだらだらと歩いてくる。

いつかテレビで見たアルパカは豊富な毛で覆われ、まるで繭《まゆ》のような見た目をしていた。しかし、目の前にいるアルパカは、それほど体が膨らんではいない。胴体も首も足もすっきりしており、遠目には小さめの白馬に見えなくもないくらいだった。ただ、頭と尻尾だけは違う。顔の周りの毛はライオンのたてがみのような形にカットされており、尻尾には房のようなもっさりとした丸い毛の塊がくっついていた。

アルパカの隣には、真っ黒な格好をした男が寄り添っている。この暑さの中、男は足首まである長いワンピースにフードがついたような服を着ており、直径二メートルはあろうかというパラソルをアルパカの頭の上にかざしていた。

「——暴君という言葉は、夏の太陽にこそ捧げられるべきだ。昔から私はそう考えているが、君はどうかね？」

アルパカは威厳のある、しかしどこか疲れを滲《にじ》ませた低い声で、出し抜けにそう尋ねてきた。

アルパカが、喋っている——速斗はそう思った。動物が人間の言葉を喋るはずがない。隣の男が腹話術のように喋っているんだ。そう理解しているはずなのに、「自分は今、このアルパカに話し掛けられているんだぞ」と頭が勝手に判断していた。

「僕も、夏はあまり好きではありません」

速斗はアルパカの顔を見ながら、そう答えた。

アルパカは黒くて丸い瞳でじっと速斗を見つめ、「その割には、よく日に焼けているようだが？」と唇を剝いて、下から生えた前歯を露わにした。

「暑いのは平気です。外でも遊んでます。ただ、夏休みの初めに、お父さんのお墓参りに行くのがちょっと苦手で……」

「……そういうことか。辛いことを訊いてしまったようだ。すまない」アルパカはぺこりと頭を下げた。「私はランスロット。探偵である」

「え？　じゃあ、あなたがアルパカ探偵さんですか」

「いかにも」とランスロットがひくひくと鼻を動かす。「若葉を口に入れた時のような、瑞々《みずみず》しい謎の芳香を感じ取り、君の前に姿を現したというわけだ」

「謎、ですか」

　速斗はランスロットの隣にいる男をちらりと見上げた。男は、ランスロットの首に付けられた輪から伸びた革紐《かわひも》を握っている。表情は窺えないが、フードの下の口元は微かに笑っているように見えた。

「この男のことは気にしなくていい。私に付き従う者で、生真面目を絵に描いたような男だ。ここで見聞きしたことは決して口外しない。安心して話したまえ。正直に告白するなら、私は雲の切れ間から太陽が現れるのを何より恐れている。手短に頼むよ」

「そうなんですか。じゃあ……」

　速斗は夢を見ているような気分で、夏休みが始まって以降に起こったことを説明した。

　すべてを語り終えると、ランスロットは「ふぇ～」と、いつか祖父に教わった草笛の音によく似た声で鳴いた。

「ああ、なんと繊細な心を持つ少年なのだろうか」

「……？　それは、シュンちゃんのことですか？」

「いかにも。彼は非常に友人思いな少年だ。君たちが生み出した友情は、水晶のように透明で滑らかで、そして飛び切り美しい。私はそのことに、とても感動しているのだよ」

褒められているらしい、ということは分かったが、何について褒められているのか、速斗は理解できなかった。

「……クラブの友達とも相談して、いろいろ考えたんですけど、シュンちゃんがどうしてあんなことをしたのか、やっぱり分からないんです。もし理由が分かったのなら、教えてください」

するとランスロットはかつかつと蹄《ひづめ》でアスファルトを引っ掻いて、虫を追い払うように首を左右に振った。

「答えを口にするのは簡単だ。だが、少年。君は何のクラブに入っているのかね？」

「探偵クラブです」

「そう、その通りだ。では、探偵の役割は何かね？」

「それは……」速斗は少し考えて、「不思議な謎を解くこと、です」と答えた。

「よく理解しているではないか。ならば、私の言わんとすることも分かるだろう」

「探偵なら、自分で答えを見つけなさい、ということですか」

「夏休みはまだたっぷりあるのだろう。徹底的に考えてみるといい」ランスロットは軽く下顎を突き出した。他人の失敗を笑う時のような、ちょっと小憎らしい表情になる。「だが、ここであっさり別れてしまっては、いつまで経っても真相にたどり着けない恐れもある。探偵の先達として、ヒントを与えよう」

速斗はランスロットの目を見つめて、「はい、お願いします」と頷いた。

「最も重要な手掛かりは、『118』という数字にある。少年の自宅マンションの駐車場にあった車のナンバーだな。その意味を突き止めることができれば、自ずと答えにたどり着けるだろう」

「118……」

「そしてもう一つ。答えは現場にある。これは今回の謎だけではなく、常に当てはまることだがね。住人が外出していない時間帯に訪れてみれば、他の車の情報も得られるやもしれん」

ランスロットが、傍らの男性が持っているパラソルのシャフトの部分をくわえて、ぐいぐいと左右に揺する。男性が小さく頷き、革紐を握り直した。

「少年よ。君たちの努力に期待しているぞ。では、我々はこれで」

ランスロットは悠然とその場で半回転し、速斗に背を向けた。

「はい。助けてくれて、ありがとうございました」

速斗は自転車を傍らの民家の壁に立て掛け、深々と頭を下げた。ランスロットは毛糸玉のような尻尾を揺らしながら、静かに路地の向こうに姿を消した。

8

それから一週間が経った、八月八日の夕食後。

一緒に洗濯物を畳みながら、速斗は意を決して、母の有希子に声を掛けた。

「――お母さん。お願いがあるんだ」

「ん？　何？」

Tシャツをコンパクトに折る手を止め、有希子が顔を上げた。

「探偵クラブの友達と、三人で栃木に行きたい」

「龍太くんと宗士郎くんと一緒ってことね。で、どうして栃木なの？」

「もう一人のメンバーの、シュンちゃんがそこにいるんだ。おばあちゃん家に泊まってるんだって」

「へえ。駿くんのご家族はなんて？」

「来てもいいって。あと、リュータとソッシーの親は、ＯＫを出してくれたって」

「ふーん。準備万全ってわけか。二人のご両親のどっちかが付き添うの？」

「ううん。僕たちだけ」

「え、そうなの？　大人が一緒だとダメなの？」

「それは……」速斗はうつむき、言葉を選びながら言った。「えっとね、僕たちだけで解決したい事件があるんだ」

「……それは、大事なこと？」

「すごく大事」と速斗は即答する。「絶対に、今やらなきゃダメなことなんだよ」

「……そっか」有希子はふっと微笑んだ。「子供だけっていうのは、親にとっても冒険だし、本当はあんまり許可したくない。……でもね、もしお父さんがここにいたら、たぶんこういうと思うの。『男の子は、時々は無茶をしなきゃいけないんだ』って。速斗と一緒になって、私を説得しようとすると思う。だからね、私も思い切って、『いいよ』って言うよ」

「本当に？」

「ただし、一つだけ約束。旅行の計画をしっかり作って、それを私に見せること」

「それなら、もうバッチリだよ」

速斗は立ち上がり、自分の部屋から龍太手作りの旅のしおりを持ってきた。彼がパソコンを駆使して作ったものだ。

「あら、最近の子はすごいのね」と有希子は目を丸くしながら、しおりをぱらぱらとめくった。「徒歩での移動はほとんどないみたいだし、これなら大丈夫かな。楽しい旅行になるといいね」

「うん、絶対にそうなるよ！」

速斗は笑顔で大きく頷いた。


翌朝、速斗たちは比久奈駅で待ち合わせて電車に乗り込んだ。

急行列車にしばらく揺られ、高田馬場でＪＲに乗り換える。池袋経由で大宮に行き、そこから東北新幹線に乗って一気に北上する。比久奈から約二時間。速斗たちは無事、那須《なす》塩原《しおばら》駅に到着した。

駅周辺には高い建物はまったく見当たらず、だだっぴろい駐車スペースにタクシーやバスが停まっていた。ちょうど到着していた路線バスに乗り換え、さらに三十分ほど移動し、終点に近い停留所で降りた。

「あーあ、疲れた」龍太が万歳をするように頭上に向かって両手を伸ばした。「やっと着いたな」

「何もないところだね」と宗士郎が周囲を見回しながら言う。道路の左右には、ずっと先まで小麦畑や牧草地が広がっていた。辺りにひと気はない。

「空気が澄んでる気がしない？　風が気持ちいいよ」

　速斗は深呼吸して、知らない土地の空気を思いっきり体に取り入れた。移動中に感じていたわずかな不安が、すっとどこかに消えたような気がした。

　三人は、片道一車線の県道を離れ、ひび割れたアスファルトの道に入った。

「シュンのおばあちゃん家は、ここから歩いて五分くらいだね」

　宗士郎が地図を見ながら言う。

「話をするのは、予定通りハヤっちでいいよな」

「うん。元はと言えば、僕が原因でこうなったわけだし」と速斗は頷いた。

　歩を進めるたび、景色の中に占める杉の木の割合が増えていく。光は遮られがちになり、空気はいっそうひんやりと、湿っぽくなっていた。頭上から降り注ぐ蟬しぐれは、複雑に反響しあい、激しく流れる川を思わせる音を創り出していた。

「なんか、熊が出そうなところだよな」

「……どうしてそういうこと言うかな」

宗士郎が立ち止まり、龍太に文句をつけた。

「なんだよ、ソッシー。怖いのかよ」

「怖いわけないじゃないか！」

宗士郎は拳を握り、早足で歩き出した。

「完全にビビってるじゃん。よーし。じゃあ、熊が出ても大丈夫なようにダッシュだ！」

言うが早いか、龍太が猛然と駆け出した。宗士郎を抜き去り、一人でどんどん先に行ってしまう。

「ちょっと、もう！　なんだよ、張り切っちゃって。僕たちも行こう、ハヤっち」

速斗と宗士郎も小走りになって、すっかり小さなシルエットとなった龍太を追い掛ける。

しばらく走ったところで、龍太が振り返るのが見えた。速斗たちに向かって手招きをしている。

駆け寄り、「どうしたの？」と尋ねると、龍太は「しーっ」と口に人差し指を当て、道の先を指差した。五十メートルほど先で、壁のように続いていた松林が途切れ、その先は開けた空間が広がっている。

「もうすぐそこだから、シュンに見つからないように気をつけていこう」

速斗は頷き、龍太に代わって先頭に立った。

駿の母親を通じて来訪の連絡はしてあったが、駿には何も言わないように頼んでいた。速斗たちが訪ねてくると知ったら、逃げ出してしまうかもしれない。それを避けるためだった。

杉林を抜けると、数軒の民家からなる小さな集落に出た。家は古いものが多いが、造り自体は普通の民家と同じ、木造二階建てだ。

そのうちの、一番手前の家にゆっくりと近づく。家は竹を組んで作った塀で囲われていた。塀に近づき、隙間から中の様子を窺う。風通しを良くするためか、玄関や縁側のガラス戸や窓はすべて開かれている。楓や松が植えられた庭に面した和室に、ぽつんと駿が座っているのが見えた。

宗士郎と龍太に「行くよ」と小声で伝え、速斗は家の正面に回った。

コンクリートの柱を二本立てただけの門を抜け、庭に足を踏み入れる。本を読んでいた駿が顔を上げ、「えっ」と呟いたきり固まってしまう。

「こんにちはーっ!」

家の中に向かって声を掛けると、奥から駿の祖母が姿を見せた。

「ああ、シュンちゃんのお友達。遠いところをわざわざありがとうねえ」

腰が曲がっていたが、彼女の喋り方ははきはきとしていた。嬉しそうににこにこと笑いながらいったん下がり、カルピスの載った盆を持って戻ってきた。

「暑かったでしょう。これでも飲んでゆっくりしてねえ」

和室に盆を置くと、よいしょ、よいしょと呟きながら、駿の祖母はまた家の奥に戻って行った。速斗たちは家に上がり、まだ呆然としている駿の周りに腰を下ろした。

「いただきまーす」龍太が遠慮なくグラスに手を伸ばす。「お、濃いぞこれ。すげー美味《おい》しい」

「下に溜まってるのかも」宗士郎がストローでカルピスを掻き混ぜる。「あ、ちゃんと混ざってたね。最近、カルピス飲んでなかったから、なんか懐かしいなあ」

「喉が渇いてたから嬉しいよ」

速斗もストローをくわえ、半分ほどを一気に飲んだ。

「あ、あの……みんな、どうしてここに」

おろおろしながら駿が訊く。速斗は畳にグラスを置き、駿の顔をまっすぐ見つめた。

「クラブ活動だよ。謎が解けたから、それを伝えに来たんだ」

「謎って、ナンバープレートの落書きのこと？　犯人が捕まったんじゃやなかったの？」

「そっちじゃないよ。どうしてシュンちゃんが、マンションの駐車場の車にイタズラをしたか、ってこと。早く話がしたかったから、みんなで相談して、ここに来ることを決めたんだよ」

　速斗の説明を聞いて、駿はさっきまで読んでいた本の表紙に目を落とした。新装版の、『ルパン対ホームズ』だった。

「あの時のこと、覚えてるかな。イタズラの前の日、僕たちは『落書きされる車のナンバープレートの番号は、計算で10になる』っていう、間違った推理をしたよね。それで、次に被害に遭いそうな車を探そうって決めたでしょ」

　速斗は、可能な限り優しく話し掛けた。駿は顔を伏せたまま小さく頷いた。

「10になる車を探すのは、次の日の朝からってことになってた。だからシュンちゃんは、それより前に、自分のマンションの駐車場に停まっている車のナンバープレートを、違う番号にしようとしたんだよね。細く切ったビニールテープで『1』を『4』にするとか、『・』のところに数字を入れるとかして」

　駿は蟬の鳴き声に紛れてしまいそうな小声で、「うん」と答えた。

「シュンちゃん、カーシェアリングについて説明してくれたよね。何台かの車を、住んでる人みんなで使うやり方だって。シュンちゃんの住んでるところも、そうなんでしょ。シュンちゃんのお母さんに教えてもらったよ」

　駿はハッと顔を上げた。速斗を見るその目は潤んでいる。

「お母さんに、聞いちゃったの……」

「自分で調べて、大体は分かってたけどね。あのマンションの車は、全部、番号が『・１１８』なんだよね」

　１１８は、海で起きた事件や事故を通報するための電話番号だ。足して10になることは、一目見ればすぐに分かる。10になる番号を探す際、同じ番号の車が何台も並んでいれば、速斗たちはそのことに着目し、いずれは１１８の意味するところに思い至っただろう。それを避けるために、駿はあんなことをしなければならなかったのだ。

「シュンちゃんのお父さんは、海上保安庁で働いてるんだってね。あのマンションは、職員の人のための家族寮なんでしょ」

　駿は涙をこぼしながら、歯を食いしばって頷く。

「１１８の意味に気づいて、思い出したんだ。落書きの被害に遭った人を探していた時に、僕のお父さんの釣り仲間だった人から、声を掛けられたよね。あの時、シュンちゃんは僕のお父さんが、海の事故で死んじゃったことを、初めて知ったんだね」

「……うん、そう」

「きっと、シュンちゃんは不安になったと思う。自分のお父さんが海上保安庁で働いていることを僕に知られたら、すごく嫌な気持ちにさせてしまう——そう思ったから、一生懸命考えて、あんなイタズラをしたんだ」

「すごいよな、シュンは。まだ四年生なのにさ」龍太がしみじみと呟いた。「オレだったらそんなこと思いつきもしなかったぜ、絶対」

「良くないことが起きる前に、それを推理して食い止める——クラブの中で一番探偵に向いてるのは、実はシュンかもしれないね」と宗士郎が微笑んだ。

「……ごめんなさい」駿がずずっと洟《はな》をすする。「僕、本当のこと、みんなに言えなくって、それで、逃げちゃって。そのせいで、おばあちゃん家まで来てくれて……」

「いいよいいよ。事件は無事に解決。それでいいじゃない」

　速斗が手を握ると、駿はもう片方の手で涙を拭い、「うん」と力強く応えた。

「調子いいな、オレたち。また一つ、難事件を解決しちゃったぜ。なあ、ソッシー」

「そうだね。まだ夏休みはたっぷりあるし、次の事件はどうしようかな。ハヤっちは何か意見ある？」

「今度こそアルパカ探偵じゃないかな」と速斗は言った。「本当にいることが分かったし、ちゃんと調査してみたいよ。向こうは嫌がるかもしれないけど……」

「え、うそ。ハヤトくん、アルパカ探偵に会ったの？」

「そうなんだ。実は、118の謎も、アルパカ探偵にヒントを出してもらって、それで分かったんだよ」

「へー！　すごいすごい、面白そう！」

「実は、ここから北東に何キロか行ったところに、アルパカ牧場があるらしいんだ」

ノートを見ながら宗士郎が言う。龍太が「マジでか！」と勢いよく立ち上がる。「行ってみようぜ！」

「おばあちゃんに頼んでみる！」

駿もすっかり乗り気だ。目がきらきらと輝いている。

メンバーを順番に見回してから、速斗は「決まりだね」と言った。「探偵対探偵の戦いだよ。負けないように頑張ろう」

「おーっ！」「そうだね、頑張ろう」「うん、負けない！」

三人はめいめいに決意の言葉を口にして、大きく頷いた。

第四話

アルパカ探偵、夫婦の絆を照らし出す

1

朝食が終わり、息子夫婦と孫が仕事や学校に行ってしまうと、家の中は途端にしんと静まり返る。

池谷静子《いけたにしずこ》は台所で湯呑みに熱い緑茶を注ぎ入れ、自室に向かった。年の瀬が迫り、セーターの上から何かを羽織らずにはいられないほど、廊下は冷え込んでいた。築四十年、断熱にはまだ無頓着だった頃に建てられたこの家は、外気温の影響を強く受ける。

庭に面した八畳の和室に入り、こたつに湯呑みを置いてから、ガラスの嵌《はま》った格子戸をしっかりと閉める。夫の昭一《しょういち》と二人で使っていた和室は、二年前の夫の他界に伴い、静子が日中を一人で過ごす部屋になった。

もうすぐ午前八時。日課のように視聴している、朝のドラマの時間だ。静子はこたつに足を入れ、リモコンでテレビの電源を入れた。

オープニングに続き、本編が始まった。明治中期、小さな造り酒屋を営む夫婦の生涯を描いたドラマで、夫婦で手を取り合って様々な困難を乗り越えていく姿が、世間では高く評価されているらしい。

今日の回でも、夫婦はトラブルに巻き込まれていた。隣家の火災によって酒蔵が焼けてしまい、仕込んでいた酒の大半がダメになったのだ。酒蔵の再建のためには、相当額の借金を背負うことになるという。

思い悩み、体調を崩した夫を看護しながら、妻は言う。

「たとえどんな苦労を背負い込むことになっても、私はあなたと共に生きていきます」

夫は妻のその言葉で意欲を取り戻し、再び酒造りを始める決意を固める、というところで十五分のドラマは終わった。

ややぬるくなった緑茶をすすり、静子は吐息を落とした。

ドラマ自体は楽しく見ているのだが、終わった直後に時々、憂鬱になることがあった。いかなる苦難にも負けない、堅い夫婦の絆《きずな》――。果たして自分たちにもそれがあったのだろうか、と考えてしまう。

遠い親戚で、高校の数学教師だった昭一と結婚したのは、昭和二十七年。昭一は二十九歳、静子は二十一歳だった。見合いという形式を取ってはいたものの、実質的には親族間での協議で決められた縁組みだった。

幸い、数十年にわたる夫婦生活の中で、ドラマの二人に襲い掛かったような苦難にぶつかったことはない。六人の子供を無事に育て上げ、家に残った末っ子と共にずっと暮らしてきた。可愛い孫にも恵まれ、大病を患うことなく、こうして八十を過ぎても元気に生きている。幸せな人生だと思う。

ただ、昭一が同じ感じ方をしていたかどうかは分からない。厳密な論理の学問である数学を教えていたからか、あるいは生まれつきそうだったのか、昭一は、感情をほとんど表に出さない人間だった。

静子と昭一の日常は、生きていく上での必要最小限の会話だけで構成されていた。そして、昭一は風のない冬の湖面のように穏やかに生き、決まり事のように肺癌《がん》を患い、苦しむことも泣き言を呟くこともなく淡々と死んでいった。

湯呑みを両手で包み込みながら、静子は和室の隅のタンスに目を向けた。白く塗られた、高さ二メートルほどのそのタンスは、この家を建てた当時からあるものだ。タンスの上には、高さ三十センチほどのこけしが数十体、整列する軍隊のようにきっちりと並べられている。

弓形の目と、微笑を湛《たた》えた赤いおちょぼ口。伝統的な表情のこけし作りは、昭一の唯一の趣味だった。あれは確か、東京オリンピックが開催された頃だったか。昭一は高校で工芸クラブの顧問を務めており、生徒の真似をしてこけしを彫ったことがきっかけで、その一風変わった趣味に目覚めたらしかった。

　こけしを彫るのは、年に一体のみ。上質な木材と数本のノミで、半年以上を費やしてじっくりと丁寧に彫るのが彼のやり方だった。昭一はこの部屋にあった小さな作業台で、就寝前の二時間ほどを使って、黙々と木を削っていた。その後ろ姿だけが強く印象に残っている。

　創作に使った時間を、もし夫婦の会話に充てていたら……。

　ふと、そんなことを考えてしまい、静子は首を横に振った。そういう問題ではない。食事中、夫が新聞を読んでいる時、揃って寝床に入って明かりを消したあと。会話の時間はいくらでもあったが、話し掛けても、昭一は「ああ」とか「うん」とか、気のない相槌を打つだけだった。時間が足りなかったわけではないのだ。

　昭一は、妻と二人で向き合うのが苦痛なくらい、人と喋《しゃべ》るのが嫌いだったのかもしれない。だとすれば、こけし作りは、話し掛けられるのを避けるために――気詰まりな時間を少しでも減らすために――編み出した手段だったのだろう。

　ずっと見つめていると、タンスの上のこけしたちが、昭一の生き様の結晶のように思えてきた。無言の圧力を放ち始めたこけしから目を逸らし、静子はテレビのボリュームを上げた。

2

十二月三十日。池谷家では毎年、大みそかの前日に大掃除をすることにしていた。一年の間にたまった汚れをその年のうちに落とし、綺麗になった家で新年を迎える。それは、何世代も前から続く慣習だった。

何十回も大掃除をしたのだから、自分は家のどこに何があるか、正しく把握していると静子は思っていた。だからこそ、まさかこの日に、辛い過去の扉を開けてしまうことになるとは予想だにしていなかった。

居間や台所、風呂場といった、家族が共通して使う場所は息子夫婦に任せ、静子は和室の掃除に取り掛かった。濡らした雑巾で、格子戸やテレビ、昭一の遺影が置かれた仏壇などの埃を綺麗にしていく。

一人で黙々と作業をしていると、がたがたと大きなものを動かすような音が断続的に聞こえ始めた。家具を移動させているようだ。

自分も手伝った方がいいだろうか。様子を見に行こうと和室を出たところで、滑るように板張りの廊下を駆けてくる人影が見えた。孫の亜里沙《ありさ》だった。

ポニーテールにした髪を揺らしながら和室の前を通り過ぎ、亜里沙は急ブレーキを掛けて、くるりと振り返った。

「あ、おばあちゃん。和室の掃除、もう終わった？」

「まだ途中よ。物音が聞こえたから、どうしたのかなって」

「向こうの模様替えをしてたんだよ。食器棚の位置とか、食卓の向きとか」

亜里沙は薄い長袖シャツにジーンズという格好だ。体を動かしているから寒くないのだろう。高校でバスケットボール部に所属している彼女は、子供の頃から運動が得意で、家の中より外で遊ぶ時間の方が長かった。ひょっとすると、掃除もスポーツの一種と捉えているのかもしれない。

「これから自分の部屋の模様替えをしようと思ったんだけど、先におばあちゃんの部屋、やってあげようか」

「いい、いい」と静子は手を振った。「今のままで大丈夫よ」

「まあまあ、遠慮せずに」と笑って、亜里沙は和室に入ってきた。「家具の配置が変わると、気分も変わるんだよ」

「でも、動かすって言っても……」

「あたしに任せて。考えてあげる」と腰に手を当て、亜里沙は和室を見回した。

大きな瞳をくりくりと動かして、「うーん」と唸る。

「あのタンス、窓枠に掛かってるね」

亜里沙がこけしの載ったタンスを指差した。

「ああ、そうね……昔からああなの」

部屋の隅に置いてはいるが、タンスは西向きの窓の右側、三分の一ほどを隠してしまっている。日当たりにはさほど影響はないが、開け閉めの邪魔になるため、実質的には左側しか開けられない状態になっていた。

「この機会に、向きを変えよっか。九十度回転させたらいいんじゃないかな」

タンスの前で、ろくろを回すような手振りを何度か繰り返し、亜里沙は「うん、大丈夫そう」と頷いた。

「動かすのは構わないけど、亜里沙ちゃん一人じゃ無理よ」

「引き出しをいったん外して、軽くすればいけるよ。もちろんアレも下ろすし」ちらりとこけしを見やってから、亜里沙は一番下の引き出しに手を掛けた。「ありゃ、硬いね、これ」

「古いものだし、ずっと開けてないから」

やっぱり止めよう、と静子が声を掛ける前に、亜里沙は「よいしょ！」と引き出しの取っ手を思いっきり引っ張った。木がこすれ合う耳障りな音と共に、引き出しがすっぽりと抜ける。

白いシャツと、同じく白のブリーフが収められているのを見て、「あれ？」と亜里沙が首をかしげた。

「これ、おじいちゃんの？」

「そう。捨てるのを忘れてたてね」

本当は忘れていたわけではない。昭一は洗濯が終わった下着を自分で仕舞っていた。いくら妻といえども、下着の管理まではさせたくはなかったのだろう。勝手に開けて中身を捨てたら、夫が守っていた規則を破ってしまうようで、なんとなく手を出せずにいたのだ。

「そっか。もう捨ててもいいと思うけど、まあ、そこはおばあちゃんに任せるよ。じゃ、残りの段も引き抜いてっと……」

コツを摑《つか》んだらしく、亜里沙は簡単に引き出しを取り外していく。と、下から五段目までを抜き終わったところで、「ん？」と彼女が手を止めた。「何か落ちてる」

引き出しを外したことによって、タンスの底板が剝き出しになっている。その奥の方に薄茶色の封筒が落ちていた。手のひらに収まる、小ぶりなものだ。

「あれ、おばあちゃんの？」

静子は首を横に振る。まったく身に覚えがなかった。

「じゃあ、おじいちゃんのだ」亜里沙は口元に手を当て、「ひょっとしたらへそくりかも」と囁いた。

「そうなのかしら……」

「とにかく見てみよっか。よっ……と」

長い手を伸ばして器用に封筒を拾い上げ、「軽いね」と亜里沙は呟いた。「はい、どうぞ。おばあちゃんが開けて」

老眼鏡を掛けてから、差し出された封筒を受け取る。確かに軽い。角がくたびれているが、どこでも買えるごく普通の封筒だ。

封はされていない。蓋《ふた》を持ち上げ、ゆっくりと封筒を逆さにすると、一枚の写真がするりと手のひらに落ちてきた。

写真は白黒だった。日付は入っていないが、変色具合からするとかなり古いもののようだった。木造の、平屋建ての建物の前で、男性と女性が並んで立っている。

四角い輪郭に、下がり気味の太い眉、黒目がちの瞳、細くて長い鼻。男性の顔を見た瞬間、昭一だと分かった。年齢はまだ二十代だろう。半袖のワイシャツとスーツのズボンという、教壇に立つ時の格好をしていて、ひどく真面目な顔でカメラの方を見つめている。

昭一の隣にいる女性は、はっと息を呑むほど美しい。色の濃い着物に身を包み、わずかに斜に構えながら、妖艶な笑みを浮かべている。

「男の人は若い頃のおじいちゃんだよね」写真を覗き込みながら、亜里沙が女性を指差した。

「こっちはおばあちゃん？」

「……違うわ。私じゃない」

静子はもう一度、女性の顔をよく見た。記憶を探るが、親戚縁者の誰とも顔の作りが違う。こんな美人がいれば、絶対に忘れたりはしないはずだ。

写真を眺めているうち、昭一の右の頬《ほお》に傷がないことに気づいた。初めて昭一と会った昭和二十五年の十月には、彼の頬にはすでに大きな傷があった。その年の夏に、ふざけていた生徒が割ったガラスによってできたものだ。つまり、この写真はそれ以前に撮影されたものということになる。

なぜ、昭一は写真を引き出しの底に隠していたのか。誰にも見られたくなかったということは、当然、後ろ暗いところがあるからに違いない。

――この美しい女性は、昭一が思いを寄せていた相手ではないか。

その考えが浮かんできた途端、眩暈《めまい》を覚え、静子は和室の壁に手を突いた。

「おばあちゃん、どうしたの？　大丈夫？」

「……うん、大丈夫、ちょっとくらっとしただけ」胸を押さえながら、絞り出すように言って、静子は押入れを指差した。「悪いけど、お布団を出してもらえないかしら……。少し横になれば良くなると思うから」

「……分かった。お父さんたちにも伝えておくね」

亜里沙はてきぱきと寝床を整え、静子をそこに寝かせてから、枕元で「ごめんなさい」と頭を下げた。「あたしが余計なことをしちゃったせいで……」

「いいのよ、謝らなくて。亜里沙ちゃんのせいじゃないから」

微笑んで、亜里沙の手を取った。亜里沙は静子の手を握り返し、「ゆっくり休んでね」と言って和室を出て行った。

静子は目を閉じ、大きく息を吐き出した。

家の都合で、恋仲にあった相手と離れ離れになることなど、昔は日常茶飯事だった。昭一もまた、好きな人がいたにもかかわらず、親族の圧力に屈して自分と結婚させられたのかもしれない。

――だから、なのだろうか。

望まぬ結婚だったから、昭一はずっと心を開こうとしなかったのだろうか。

そう思うと、締め付けるような痛みが静子の胸の奥で疼き始めた。それは、長い人生でも一度も感じたことのない類の心痛だった。

3

年が明けた一月一日の朝。家族揃って白味噌の雑煮を食べ終え、静子は一人で和室に戻った。

小物入れから、猫のイラストが描かれたぽち袋を取り出し、そこに折り畳んだ一万円札を入れる。居間に戻ろうと立ち上がりかけた時、ガラスの格子戸の向こうに影が差した。

「おばあちゃん、ちょっといい？」

「はい、どうぞ」と声を掛けると、亜里沙は音を立てないように、丁寧に戸を開けて和室に入ってきた。こたつに足を入れ、「うー、あったかい」と目を細める。

「今、渡しに行くところだったのよ。はい、お年玉」

静子がぽち袋を差し出すと、「ありがとう。でも、まだ受け取れないの」と亜里沙は首を振った。

「え？　どうして？　まだ大丈夫でしょう」

亜里沙は現在、高校二年生だ。高校卒業まではお年玉を渡すと、数年前に家族の中で取り決めをしていた。

「この間の写真のことが気になってるの。おばあちゃん、あれからずっと元気ないよ。気にしてるよね？　あたしのせいでおばあちゃんが苦しんでるんだから、それが解決するまで、お年玉は受け取れないよ」

「そんなことないわ。普段通りよ」

「ごまかさなくていいよ、おばあちゃん。心が弱ると体も弱る。バスケ部の顧問の先生が、いつも言ってる言葉だよ。気になることを残してちゃダメだと思うんだ」

「亜里沙ちゃん……」

亜里沙は小学校の頃、冬休みの宿題の書初めで、毎年「有言実行」と書いていた。学校で習ったその言葉を、彼女は自分の信条としていた。そして、成長していく中で、そのポリシーに見合うだけの行動力と責任感を身につけた。無理やりお年玉を渡そうとしても、徒労に終わることは静子もよく分かっていた。

「おばあちゃんは、おじいちゃんに好きな相手がいたかもしれないと思って、それでショックを受けたんでしょ？　勘だけど、それは違う気がする。あれはそんな写真じゃないよ、きっと」亜里沙はこたつの上のみかんを取り、手の中でもてあそび始めた。「でも、ちゃんとした証拠がないと、おばあちゃんは納得できないよね。だから、あの写真の女の人が誰か、調べようと思うんだ」

「調べるって……大変よ、それは。何十年も昔の写真なんだから」

「簡単じゃないのは分かってる。……こんな時に、アルパカ探偵がいてくれたらいいんだけどね」

亜里沙はみかんを剝き、四分の一ほどを一気に頰張った。

「……アルパカ、探偵？」

「うん。最近、クラスで噂になってるんだよ。解決困難な謎を抱えて悩んでいると、アルパカがやってきて、あっという間に謎を解いちゃうんだって。すごいよね」

「ごめんなさい、『アルパカ』が分からないの。外人さん？」

「違うよ。動物。ちょっと待っててね」

豹のように素早くこたつを飛び出すと、亜里沙はさっと戸を開けて廊下を走っていった。と思うが早いか、ぬいぐるみを持って和室に戻ってきた。

「これがアルパカだよ。本物は結構大きくて、頭の位置はあたしより高いくらい」

三十センチほどの大きさの、ふわふわしたぬいぐるみを受け取る。それは奇妙としか言いようのない形状をしていた。大量の毛に覆われた胴体や脚、そして長い首。ラクダと羊を掛け合わせたら、こんな生物が誕生するかもしれない、と静子は思った。

「……この動物が、探偵の仕事をするの？」

「そうらしいよ。まあ、ただの噂っていうか、おとぎ話みたいなものだから、あんまり気にしないで」と言って、亜里沙は食べかけのみかんをぽいと口に放り込んだ。「それより写真だよ。あれ、もう一回見せてもらっていい？　どこにあるの？」

写真は元の封筒に収めて、テレビ台の下に入れてあった。場所を伝え、亜里沙に取ってきてもらう。

「こっちには何も書いてない、っと」

封筒の裏表を確認してから写真を取り出し、亜里沙は顔を近づけた。

「これ、比久奈《ひくな》市の風景なのかな。おばあちゃん、どう思う？」

老眼鏡をかけて、写真をじっくりと眺める。

古い時代だけあって、昭一と女性の後ろにある建物以外、ほとんど何も写っていない。手前に植え込みと数本の幟《のぼり》。遠景には木の梢、電信柱、アドバルーン、そして空。地面に映る二人の影の長さからすると、撮影されたのは夕方だろうか。建物は瓦葺《かわらぶ》きで、玄関の横幅が広く作られている。平屋の割に天井が高いことから、おそらくは集会所のような場所だと思われた。建物の周りに立っている幟は布の部分が垂れていて、書かれている文字や模様は読み取れない。

「やっぱり、見覚えがないわ」

「そっか。市内じゃないのかなあ」

亜里沙が首をかしげた時、玄関のチャイムが鳴った。続けて、「ごめんください」というしゃがれた声が聞こえてくる。

「あらあら」

静子は慌てて立ち上がり、玄関に向かった。「はいはい」と声を掛けながら、クレセント錠を下げる。

がらりとガラス戸が開き、「どうも、明けましておめでとうございます」と川島峰代《かわしまみねよ》が丁寧におじぎした。

隣人である峰代は、この家から数十メートルのところに住んでおり、静子が池谷家に嫁いでからずっと、五十年以上にわたって親しく付き合っている。歳は静子の方が二つ上だが、今でも「シズちゃん」「ミネちゃん」と呼び合う仲だ。

腰は少し曲がったが、くっきりした眉と丸い目は昔と変わらない。峰代は「よいしょ」と上がり框《かまち》に腰を下ろした。「今年は年の初めから晴れたわね」

「そうねえ。いい元旦ねえ」

廊下に座り、取り留めのない雑談を交わしていると、亜里沙がとたとたと足音を立てながらやってきた。静子の隣に正座して、「明けましておめでとうございます」と新年の挨拶を口にする。

「はい、おめでとう、亜里沙ちゃん。これ、お年玉」

「ありがとうございます。写真の謎が解けるまで預かっておいて、おばあちゃん」

「あ、ああ、はいはい」

静子は亜里沙に代わってぽち袋を受け取った。静子の分だけではなく、他の人からもらうお年玉まで自主的にお預けにするつもりのようだ。

「あら、亜里沙ちゃん。写真って何のこと？」

「これだよ。ちょうど、峰代おばあちゃんに訊《き》こうと思ってたの。子供の頃から比久奈に住んでる峰代おばあちゃんなら、この場所を知ってるかもと思って」

どれどれ、と写真を確認し、「あら、懐かしい」と峰代は呟いた。「これは、この近くにあった集会所よ」

「そうなの？　私は知らないわ」

「シズちゃんが嫁いでくるちょっと前に取り壊されたのよ。ボロボロだったから」

「近所で撮った写真だったんだ。じゃ、この女の人にも見覚えがあるんじゃない？」

「うん。名前はもう覚えていないけど、女優さんだと思うわ。ここに幟が写っているでしょう？　これは、集会所で何か行事がある時に立てるものなの。昔は、年に一度、八月に時代劇の公演をやってたのよ。着物を着てるし、たぶん、劇団の人じゃないかしら」

「やった、一歩前進っ」と亜里沙が指をぱちんと鳴らした。

「なあに、ひょっとして、この人のことを調べてるの」

「そう。おじいちゃんとどうして写真に写ってるのかなって思って」

「言われてみれば不思議ね」と峰代は首をかしげる。「昭一さん、いくら相手が女優さんでも、二人で記念写真を撮るような人じゃなかったしねえ」

峰代の言う通りだ。昭一の性格からすると、こんな写真が存在すること自体違和感がある。逆に言えば、普段とは違う行動に走らせるほど、この女性に惹かれていたと考えることもできはしないか。

「どうしたの、シズちゃん。浮かない顔して」

「大丈夫、なんでもないから。さ、ミネちゃん。せっかくだから上がっていって」

静子はそこで写真の話を打ち切り、峰代と共に和室に向かった。

4

一月四日、午後三時。和室でぼんやりとテレビを眺めていると、亜里沙がやってきた。

「いろいろ分かったよ、おばあちゃん」

こたつに入り、亜里沙は持ってきたノートパソコンを机に置いた。

「分かったって……写真の女の人のこと？」

「そう。順番に説明するね。今朝、三が日が明けたから、比久奈市役所に行ってきたの。市の歴史をまとめた資料室があってね、そこで古い記録を調べたら、峰代おばあちゃんが言ってた通り、集会所で開かれてた舞台についての記載があったの。大正十年から昭和二十七年まで続いたんだけど、集会所の取り壊しで終わっちゃったみたい」

昭和二十七年といえば、昭一と結婚した年であり、比久奈市に住み始めた年だ。

「その資料には、ちゃんと劇団の名前も書いてあったよ。寿座《ことぶきざ》っていうんだって」

寿座……初めて聞く名前だった。

「残念ながら女優さんの名前までは載ってなかったから、今度はインターネットで寿座のことを検索してみたの。そうしたら、ちゃんとヒットしたんだよ。今は寿劇団って名前に変わってるけどね。これ、劇団のホームページ」

画面には、劇団の沿革を記したページが表示されていた。大正時代に数人の同士によって設立され、徐々に規模を大きくしながら今も着実に活動を続けているようだ。テレビや映画で活躍する有名な役者も何人か輩出しているが、劇場での舞台公演が主なのだという。

「でね、劇団の事務所に電話をかけてみたの。『昔、比久奈市の公演に来ていた女優さんのことが知りたい』って。そうしたら、劇団の団長さんが会ってくれるって」

「え？　会うって……」

　亜里沙の行動力に、静子は目を剝いた。

「事務所は池袋にあるんだ。明日、話を聞いてくるよ」

「一人で行くつもりなの？」

「そうだけど。ダメかな？」

「体は大きくなったけど、亜里沙ちゃんはまだ高校生なのよ。お父さんかお母さんに、付き添ってもらえるように頼みなさい」

「でも、私はまだ休みがあるけど、お父さんもお母さんも明日から仕事だよ。一緒には行けないんじゃないかな」

「なら、会う日にちを変えてもらうとか……」静子は言葉を切って、「そもそも、そこまでしなくてもいいのよ」と言い直した。「わざわざ知らない人と会ってまで、女優さんのことを調べなくてもいいの」

「えー、途中で止めたら、すっごく気になっちゃうよ。お願い、おばあちゃん。最後まで調べさせて」

亜里沙が手を合わせて頭を下げる。静子はため息をついた。孫の「お願い」を断れないことは、誰よりよく分かっていた。

「……じゃあ、ちゃんとしましょう。まず、お父さんとお母さんに許可を取る。もし『いいよ』って言われたら、私が一緒に行くわ」

「え、おばあちゃんが？　大丈夫なの？」

静子はこたつの中で膝《ひざ》をさすった。ここのところほとんど散歩に行っておらず、運動不足は顕著だった。長い時間歩けば、足が痛みだすだろう。ただ、池袋まではほぼ電車移動のみだ。休みながら行けば問題ない。

「うん、大丈夫。無理はしないようにするから」

「そっか。ありがとう。じゃ、さっそくお父さんに聞いてくるね」

跳ねるように立ち上がり、亜里沙が和室を出て行く。廊下を数歩進んだところで引き返し、亜里沙は和室を覗《のぞ》き込んで、「女優さんのこと、分かるといいね」と笑った。

「ええ、そうね」

そう頷く一方で、もういいんじゃない、という言葉が心に浮かんできた。

昭一が女性とのツーショット写真を隠し持っていたという事実だけは、どうやっても覆らない。真実を追求し、昭一の過去を暴き立てることは、不幸な結果をもたらすだけではないか。そんな気がして仕方なかった。

静子はタンスの上のこけしを見上げた。昭一が心を込めるようにして彫り上げたこけしたちは、今日もただ、幸せそうに微笑んでいた。


息子夫婦たちは、静子が思っていたよりずっと簡単に、亜里沙の希望を受け入れた。父親の過去に興味があるらしく、「面白そうだから行ってきなさい」と、止めさせるどころかむしろ勧めさえした。静子が同伴するというのも、二人の説得にはかなり効いたようだった。

翌一月五日。静子と亜里沙は午後一時過ぎに連れ立って家を出た。

透き通るような空に、アルパカのぬいぐるみに似た形の雲が、ぽつんと一つ浮かんでいる。今年は初詣に行かなかったので、年が明けてから初めての外出になる。日差しはほんのり暖かく、空気は程よく冷たく、風もない。マフラーを必要としない、穏やかな天気だった。

最寄り駅である比久奈駅まではバスを使い、電車に乗る。途中、高田馬場で乗り換え、午後二時前には池袋に到着した。

駅前でタクシーを拾い、寿劇団の事務所へと向かう。十五分ほどで到着したのは、黄土色をした五階建てのビルだった。両隣をマンションに挟まれている上に、建物の間の隙間がごくわずかであるせいで、妙に肩身が狭そうに見える。

事務所はビルの四階にあり、五階が劇団の稽古場として使われているようだ。

エレベーターで四階に上がると、目の前のガラス戸に、かすれた金文字で「寿劇団」と書いてあるのが見て取れた。

「ここだね。よし、行こっか」

気持ちを整えるように一つ息を吐いて、亜里沙がガラス戸を押し開けた。

十五帖《じょう》ほどの部屋に、事務机がいくつか並んでいる。仕事をしている人々は私服姿だ。壁に公演のポスターが貼られていることを除けば、見た目は普通の事務室とほとんど変わらない。

近くにいた女性に用件を伝えると、部屋の隅にある、パーティションで区切られた一画に通された。ガラスのローテーブルとソファーが二つあるだけの簡素なスペースだ。静子と亜里沙は、年季の入った朱色のソファーに並んで腰を下ろした。

劇団の事務員たちが電話でやり取りする声を聞きながら待つこと数分。「いや、お待たせしてすみません」と恐縮しながら、眼鏡を掛けた白髪の男性がやってきた。年齢は六十代だろう。肌はよく日に焼け、シャツにジャケットを羽織っただけの気楽な格好をしている。遊び人、という言葉が脳裏をよぎった。

男性は香水の匂いを振り撒きながら向かいのソファーに座り、「佐古《さこ》といいます。寿劇団の団長をしています」と名刺を差し出した。半透明のプラスチックで作られた名刺には、佐古イズフミと書いてあった。芸名のようだ。

「今日はお忙しいところ、お時間を割いていただき、ありがとうございます」と静子は頭を下げた。亜里沙も「すみません、いきなり連絡をしてしまって」と突然の来訪を詫びた。

「いや、いいんですよ。役者になりたいってヤツは時々来ますが、昔のことを教えてほしいって言われたのは初めてでしてね。面白いじゃないですか。それに、ずいぶん古い写真をお持ちだとか。正直なところ、それを見るのを楽しみにしていたんです」

佐古は白い歯を見せる。一分の隙もない笑顔だった。舞台の上で鍛え上げられたものだろう。

「これなんですけど」亜里沙が、家から持参した写真を取り出した。「比久奈市で昭和二十年代に行われた公演の際に撮影されたものみたいです」

「ほう、拝見します」

慎重な手つきで写真を手に取り、佐古は「おお」と感嘆の声を上げた。「すごいな、これは。こんな写真が残っていたとは。お宝ですよ、お宝」

「女性の顔に見覚えはありますか」

静子はたまらずそう訊いた。佐古は「ええ」と頷き、眼鏡の下の目を細めた。

「戦後、長らく寿座の看板女優だった人です。菊間《きくま》ユミエ……たぶん、名前はご存じないと思います。舞台の上の立ち居振る舞いは天下一品でしたが、テレビや映画には縁がありませんでしたからね」

「菊間……」

記憶の網に何かが触れた感覚があった。知っている、と静子は思った。自分は、その名をどこかで目にしたことがある。

「ボクが寿座に入ったのは昭和四十六年で、その時、ユミエさんは四十を少し超えたくらいでした。一座の女優の中では古株でしたが、偉ぶったようなところは全然なくて、新人みたいに精力的に活動されてましたよ。ボクみたいなぺーぺーにとっては、頼りになる姉御であり、腹を割って芝居の話ができる仲間でした」

自分とユミエはほぼ同年代ということになる。そう思いながら、「ユミエさんは、今は……？」と静子は尋ねた。

「寿座が寿劇団に名前を変えたのは平成元年なんですが、そのタイミングでお辞めになりましたね。彼女は比久奈市の出身ですが、のんびり余生を過ごすんだって言って、ヨーロッパに移住されましたよ。向こうに息子さんが住んでいたそうで、数年前に亡くなられるまで、オペラやコンサート三昧の芸術的な日々を送られたみたいです。羨ましい話です、まったく」

亡くなっている。それを聞いて、ふっと力が抜けた。本人に会って昔の話を聞くことはもう叶わない。安堵と無念さが入り混じった、複雑な気分だった。

「ちなみに、ユミエさんの隣の男性を見たことはありますか？　あたしの祖父なんですけど」

もう一度写真をじっくり見て、佐古は「ちょっと分からないね」と答えた。「少なくとも、ボクとは面識はないから、稽古や舞台に参加したことはないと思うけどね」

「そうですか……」

「ただね、微妙に引っ掛かるんだよ。どこかで見たことがあるような気もしてね。うーん、どこだったかな」

脚を組み、佐古は目を閉じた。サンダル履きのつま先をぶらぶらさせながらしばらく考え込んでいたが、「あ、もしかして」と立ち上がった。

少々お待ちを、と言って打ち合わせスペースを出ると、佐古は一分もしないうちに戻ってきた。手にした硬い表紙の薄い本をぱらぱらとめくり、「ああ、やっぱり」と大きく頷いた。

「ユミエさんの息子さん、菊間大星《たいせい》は画家なんです。この本は、彼が出した作品集です」

本の表紙には、淡い黄緑の球と、白い円柱が描かれていた。菊間大星の手によるものだろう。

「ここに彼の顔写真が載ってるんですが……写真の男性に似てると思いませんか？」

佐古は一番後ろのページを開いた。一辺四センチほどのやや粗い写真は、肩まで髪を伸ばした、壮年の男性の胸から上を写したものだった。眉間に深いしわを寄せ、睨むようにカメラを見つめるその顔には、確かに昭一の面影があるように感じられた。

彼はひょっとすると、昭一の血を継いでいるのでは――。

よぎったその考えを否定するようなタイミングで、亜里沙が「あたしは、あんまり似てないと思います」と言った。「気のせいじゃないですか」

「まあ、そうかもしれないね。ただ、ユミエさんは生涯独身だったんだ。菊間大星の父親は誰なのか、以前から気になっててね。それでもしかしたらと思って――」

そこまで喋ったところで、「あっ」と呟いて佐古が口を噤《つぐ》んだ。「自分の祖父だ」と亜里沙が言っていたのを思い出したのだろう。

「これは……どうも失礼しました。今のはボク個人の意見で、別にお祖父様がユミエさんとどうこうとか、そういうことではありませんから」

佐古は取り繕うようにそう言ったが、パーティションで切り取られた狭い空間に満ちた、不穏な沈黙を振り払うことはできなかった。

「……貴重なお話、ありがとうございました」

亜里沙が硬い表情で立ち上がる。佐古は安堵のため息をついた。

「いや、こちらこそ。興味深い資料を見られてよかったですよ」

自分に視線が向けられていると分かっていても、すぐには動けなかった。静子はソファーの肘《ひじ》掛けを摑んでゆっくりと立ち上がり、亜里沙に支えられるようにして劇団の事務所をあとにした。

「大丈夫だよ、おばあちゃん。気にすることないよ」

エレベーターを待ちながら、亜里沙が静子の耳元で囁いた。

微笑みを返す余裕はなく、「そうね……」と静子は小さく頷いた。

5

翌日、午前五時過ぎ。静子が目を覚ました時、家の中は完全な静寂に包まれていた。

家族が起きてくるまでは、まだ時間がある。布団を抜け出し、明かりをつけてからカーディガンを羽織る。

和室は夜の間に冷え切っていた。早くも冷たくなり始めた手をこすり合わせ、静子はそっと押入れの戸を開けた。下段手前の段ボール箱を引っ張り出し、はるか昔にお歳暮でもらったクッキーの缶を取り出す。

布団の上に腰を下ろし、静子は缶の蓋を開けた。中には、年ごとに輪ゴムでまとめられた、昭一と静子宛ての年賀状が入っている。

思い出したのは、昨夜遅くになってからだった。昭一のところに届いた年賀状の中に、菊間という苗字のものがあったような気がしたのだ。

ただ、そのことを亜里沙に伝えようとは思わなかった。想像している最悪の事態が現実だと証明されれば、亜里沙は写真について調べると言い出したことを後悔し、深く傷つくに違いない。ここから先は自分一人だけで確かめるべきだ。

はぁ、とわずかに白く煙る息を吐き出し、静子はすっかり黄ばんでしまっている年賀状の束を手に取った。一番古い年賀状は、昭和三十三年に届いたものだった。

劣化しきった輪ゴムを剝ぎ取るように、上から一枚一枚確認していく。懐かしいと感じる名前もあれば、数秒経たないと思い出せない名前もあった。差出人のほとんどはもう亡くなっていると思うと、時間の流れの無常さを感じずにはいられなかった。

勘違いだっただろうか、と思い始めてすぐのことだった。静子の目に、「菊間ユミエ」の五文字が飛び込んできた。

ハガキの束を床に置き、彼女からの年賀状だけを取り上げた。流麗な文字で、都内の住所と彼女の名、そして、「池谷昭一様」という宛名が書かれている。

寿劇団の佐古の話によれば、菊間ユミエは比久奈市の生まれだという。戦後、学制改革によって学校の統合・共学化が進んだ。市内の高校に通っていたのなら、昭一と接点があってもおかしくはない。

卒業後、劇団員となった教え子と再会し、ちょっとした思い付きで写真を撮った。そう解釈することはできたが、やはり、昭一があの写真を隠していた理由を説明できない。

違和感を拭えないまま、静子は年賀状を裏返した。

謹賀新年から始まる、ほぼ定型文の年賀の挨拶。その最後に書かれた一文に、静子の目は吸い寄せられた。


――昨年はとうとう、一度も舞台を見に来てくださいませんでしたね。愛しの池谷先生にお目に掛かれず、私は一人、涙で枕を濡らす日々を過ごしましたのよ。


公演の招待状を出したのに応えてくれなかったことを、いたずらっぽく誇張して責めている文章。そう捉えるのが普通だと分かっていたが、静子はユミエが記した言葉の連なりの中に、ほのかな絆を感じ取ってしまった。どういう風に書けば、どういう風に理解されるか、それを分かった上で、わざとこんな文をしたためたのだ。そんな気がした。

「先生」という敬称からすると、ユミエはやはり昭一の教え子だったのだろう。だが、二人の間には、教師と生徒という関係以上の何かがあったのではないか――文章を目で追えば追うほど、疑念が急速に黒さを増していく。

気がつくと、すっかり手がかじかんでいた。静子は深呼吸をして、再び年賀状の束を手に取った。

ユミエからの年賀状は、次の年も来ていた。最近は地方での公演が増え、東京に滞在する日数が減っている。でも、先生が会いたいと言ってくれればいつでも飛んでいく――そんなニュアンスの言葉が、甘えるような文体で書かれていた。

数十年間、自分はこれを読まずに生きてきたのだ、と確信した。宛名で分類し、昭一に渡しただけで、裏の文章までは見なかったのだ。今、これだけの衝撃を受けているのだ。もし一度でも――いや、一行だけでも読んでいたら、強く心に残ったはずだ。

それより後の年の分まで確認する気にはなれなかった。年賀状をすべて缶に戻し、押し入れの元の位置に仕舞うと、静子は和室の明かりを消して布団に潜り込んだ。

昭一と菊間ユミエとの間には、やはり何かがあったのだ。そうとしか考えられなくなっている自分がいた。

かつての教え子との恋愛。それはひょっとすると、あの写真が撮られた時から始まったのかもしれない。恋愛の果てに何があったのかは定かではないが、昭一の結婚後も年賀状を送ってきている以上、憎しみ合って別れたとは思えなかった。

親戚からの縁談を断り切れずに籍を入れたものの、菊間ユミエへの想いは、昭一の心の中で熾火《おきび》のように熱を放ち続けていた。それが最も自然な解釈に感じられた。

自分との結婚生活は、さぞかし退屈でつまらなかっただろう——。

そう思うと、激しい悲しみが、絶え間なく押し寄せる波のように心を揺さぶった。それは、これほどの強い感情がまだ自分の中にあったのかと驚いてしまうほど、痛く、切ないものだった。

そして、静子は悟る。この悲しみは、昭一への愛情の裏返しなのだ。愛していたからこそ、夫の裏切りにここまで打ちのめされているのだ。

どうして、昭一が生きている間に自分の気持ちに気づけなかったのだろう。それがあまりにも情けなく、静子は布団に顔を強く押し当て、声を殺して涙を流した。


心が弱ると体も弱る。

亜里沙の言う通りだった。

翌朝、ひどい高熱が出た。針金で締め付けられるような関節痛と、止めることのできない咳。病院での診察の結果は、インフルエンザだった。症状が重く、肺炎を併発しかけていたので、そのまま静子は入院することになった。

他の患者に移してしまうのを避けるため、静子は個室に運ばれた。

息子の嫁が仕事に行き、看護師が部屋を出て行ってしまうと、病室には耳が痛くなるような沈黙が降りてきた。

ベッドに横になり、抗インフルエンザ薬の点滴を受けながら、じっと病室の天井を見つめる。糸くずをちりばめたような模様は、眺めるうちに滲《にじ》むように重なっていき、次第に無数の目が浮き出ているように見えてくる。

静子は恐怖を感じてまぶたを閉じた。しかし、責めるようなその目の輪郭は、消えるどころかより鮮明になった。

――お前と結婚なんかしたから。

頭の中で、低い声がこだまする。

ごめんなさい、昭一さん。私を許してください。

謝りたいのに、声がどうしても出せない。

――本当は、ユミエと一緒になりたかったんだ。

静子は両手で耳を塞ぎ、胎児のように体を丸めた。

――俺は、息子と顔を合わせることすらできなかった。全部、お前のせいだ。

ごめんなさい、ごめんなさい、ごめんなさい……。心の中で叫びながら、静子は自分を苛《さいな》む幻覚と戦い続けた。

意識を取り戻した時、窓の外はすっかり闇に包まれていた。関節や喉はまだ痛むが、薬のおかげで熱はかなり下がったようだ。

喉がひどく渇いていた。枕元に、スポーツドリンクが入ったペットボトルが置いてある。そちらに手を伸ばそうとした時、病室にマスク姿の亜里沙が入ってきた。

「あ、起きたんだね。ちょっと待ってね」

彼女はベッドサイドのパイプ椅子に腰を下ろし、紙コップにスポーツドリンクを注いで静子に渡した。

時間をかけてそれを飲む。体中に水分が染み渡っていく感じがあった。一息つき、「……ずっといてくれたの？」と静子は尋ねた。

「今日から学校だったの。だから、ついさっき着いたばっかり。お父さんもお母さんも、仕事が終わったら来るって」

「そうなの。もう熱は下がったから、無理に来なくていいって伝えてくれる？　移してしまうといけないから。亜里沙ちゃんも、早く帰った方がいいわ」

「マスクがあるから大丈夫。予防接種も受けてるし」

亜里沙はパイプ椅子の背に体を預けた。ぎし、とフレームがきしむ音がした。

「……ねえ、おばあちゃん。菊間ユミエさんのことなんだけど」

「……ええ」静子は一度目をつむり、ゆっくりと開いた。「どうかした？」

「息子さんの大星さんに会って話を聞いてみたらどうかな、と思って」

「聞いて、どうするの」

「佐古さん、大星さんとおじいちゃんが似てるなんて言ってたよね。それが気になってるんでしょ。あの言葉がおばあちゃんの心の負担になって、それで免疫力が落ちて、インフルエンザに罹《かか》っちゃったんだと思う。でも、違うよ絶対。大星さんは、おじいちゃんの息子なんかじゃない。本人に訊けば、きっとはっきりするよ。ユミエさんから、自分の父親のことを聞いてると思うし」

亜里沙の目は真剣だった。浮気なんかするはずがないと、心の底から昭一のことを信じているのだ。

もしあの年賀状の存在を知れば——想像するだけで悲しくなった。

「もう、いいの」と静子は言った。余計なことを伝える必要はない。自分一人で受け止め、秘密を抱えたまま残りの人生を生きていけばいい。「これ以上調べても、いいことは何もないわ」

「でも、おばあちゃんが……」

「私なら大丈夫。すぐに元気になるから」静子は手を伸ばし、亜里沙の手の甲に触れた。

「写真のことは、おしまいにしましょう。ね？」

「……本当に、いいの？」

亜里沙と視線を合わせ、静子は頷いた。

「ええ。家に帰ったら、今度こそお年玉を渡すからね。受け取ってくれるでしょう？」

「……分かった。そうする」

亜里沙が納得したのを見届け、静子は大きく息をついた。緊張が解け、全身からゆっくりと力が抜けていった。

「元気を出してね、おばあちゃん」

亜里沙が手を握ってくれる。その温かな感触に癒されながら、静子は再び眠りに落ちた。

6

入院後、一時的に熱は下がったが、インフルエンザとの戦いは思ったよりも長引いた。微熱と咳が一週間ほど続き、体の芯に巣食っただるさはなかなか消えてくれなかった。他の患者に移すリスクも、他の患者から風邪を移されるリスクもあるということで、静子はほぼ病室から出ることなく、ベッドで退屈な日々を過ごさざるを得なかった。

ようやく体調が回復し、家に戻る頃には、一月も半ばを過ぎていた。

久しぶりに自分の部屋で一夜を明かし、ごはんと味噌汁、卵焼きという定番の朝食を済ませる。仕事や学校に行く家族を見送って、静子は和室に戻った。

お茶を飲みながら、入院前にずっと見ていたテレビドラマを視聴する。しばらく間が空いてしまったが、番組の最初にあらすじのナレーションがあるので、さほど問題なくストーリーを追うことができた。

酒蔵を営む主人公夫婦は、またしてもトラブルに見舞われていた。恩人からの頼みで受け入れた若者が、盛り場で酒に酔って乱闘騒ぎを起こしてしまったのだ。

反省することもなく、「気に入らないのなら追い出せばいい」とふてくされる若者に対し、夫婦は手を取り合って説得に当たる。

同じ屋根の下に住んでいるのだから、お前はもう、自分たちの家族なのだよ。二人はそんなセリフを、何の臆面もなく口にする。夫婦の意見が食い違うことはない。深いところで心が繋《つな》がっているかのように、一心不乱に若者と向き合っている。

その固い絆があまりにも眩しくて、静子はテレビの電源を切った。もう、明日からはこのドラマを見ることはないだろう。

長いため息を落とし、タンスの上に目を向ける。昭一が作ったこけしたちが、弓形の目でこちらを見ていた。

――お前のせいで。

インフルエンザの熱に浮かされていた時に聞いた幻聴が、ふいに蘇ってくる。

和室にいるのが急に息苦しくなり、静子は床に手を突きながら立ち上がった。散歩にでも行って、気を紛らわせようと思った。

「歩かなくなったら、人間おしまいよ」

入院中、見舞いに来てくれた峰代は何度も何度もそう言った。その通りだ、と静子も思っていた。家の中で転んで骨折し、そのまま寝たきりになってしまった年寄りを、両手で数えきれないくらい見てきた。ある一線を越えると、もう二度と健康を取り戻せなくなる。それを防ぐためには、歩くのが一番だ。

なるべく暖かい格好をして、静子は一人で家を出た。

ひゅう、と鋭い音を立てて冷たい風が吹く。空は曇り、陽光はすっかり遮られてしまっている。雨が降り出す気配はないが、じっとしているとすぐに体が冷えてしまいそうだった。

静子は決して焦らず、自分なりのペースで歩き始めた。

一歩一歩、確かめるように足を前に運ぶ。まっすぐな路地を五十メートルほど進み、曲がり角を右に折れた。

平日の午前八時半。通勤、通学の時間帯はまだ終わっていないはずだが、道のずっと先まで人影一つ見当たらない。微《かす》かにカラスの鳴き声が聞こえるくらいで、街中とは思えないほど辺りは静まり返っていた。

無人の路地を五分ほど歩いたあたりで、息が切れ始めた。手足が重く、なかなか次の一歩が踏み出せない。こんなに体力が落ちていたのか、と愕然とする。

無理はしない方がよさそうだ。静子はマンションと民家の間の、小ぢんまりとした公園のベンチに腰を下ろした。

鉄棒が一本、砂場が一か所あるだけの、誰からも忘れ去られたような空間に、雲の切れ間からこぼれた陽の光が落ちる。すうっと、ベンチの周りが、柔らかな温もりに包まれた。それはまるで、天からのささやかな贈り物のような日差しだった。

目を閉じ、足腰に溜まった疲労がほぐれていくのを待っていると、ふと、耳慣れない足音を聞いた。

顔を上げ、静子は路地の方に目を向けた。

そこに、人の背丈ほどもある、真っ白な動物がいた。

静子は驚きの声を上げることすら忘れて、突然現れた謎の生物をまじまじと見た。

豊満な毛に包まれた長い首と体、水芭蕉の花に似た形の耳、黒真珠のように艶《つや》やかな瞳。

その動物は、大きさがまるで違うことを除けば、いつか亜里沙に見せてもらったぬいぐるみと瓜《うり》二つの姿をしていた。

「……アルパカ」

かすれ声で漏らした呟きに、アルパカは大きく頷いた。

「いかにも私はアルパカだ。ちなみにこの男は、私の忠実なる従者だ。別段、気に掛ける必要もない」

そう言われて始めて、アルパカの隣に寄り添う、黒い影の存在に気づいた。顔を隠す黒い頭巾のようなものをかぶり、丈の長い黒マントを羽織っている。男の手には、革製のベルトが握られていた。ベルトの先は、アルパカの首に巻かれた、紋章付きの首輪に繋がっている。

従者の男を見て静子が最初に連想したのは、鞍馬天狗《くらまてんぐ》だった。周りに他に人影はないのだから、いま喋ったのは、この黒ずくめの男に違いない。頭ではそう理解していたが、静子の目は自然とアルパカの方に吸い寄せられた。その圧倒的な存在感。アルパカの立ち姿には、威厳のようなものが確かにあった。

静子の視線を受けて、アルパカがぐにゃりと唇を動かす。まるで笑っているかのような表情になる。

「新しい年の始まりは、何歳になっても心が浮き立つものだ。貴女もそうではないかね？」

どこから響いてくるのか定かではないが、独特の低音は耳に心地よかった。静子はベンチに腰掛けたまま、「ええ」と頷いた。

アルパカは道路との段差を乗り越え、静子の目の前までやってきた。

「私の名はランスロット。探偵をしている」

「そうだったのですか。孫が、あなたのことを噂しておりました」

「ふむ。人の口の端《は》に上るのはいささか照れ臭いものだな。謎を解く、という行為がもたらす影響は少なくないようだ」

ランスロットは頭を下げ、地面に生えている雑草をかじった。

ごりごりと顎《あご》を左右に動かしながら咀嚼《そしやく》し、「さて、ではご婦人」と切り出した。「貴女の抱えている謎についてお話し願えるかね。その、香り高き謎を」

「……謎、というほどのことはないのですが」

静子は膝に手を置き、順を追ってこれまでの出来事を語った。その間、ランスロットも隣の男も、じっと黙って静子の話を聞いていた。

「――年賀状の文面は、主人と菊間ユミエさんの繋がりを示しています。二人は……恋仲にあったのでしょう」

すべてを話し終え、静子はため息をついた。

ランスロットは「ぷえっ」と短く鳴き、足元の小石を蹄《ひづめ》で蹴飛ばした。

「いくつか、確認したいことがある。貴女が初めてご主人と出会ったのはいつかね。なるべく正確に教えてくれ」

「昭和二十五年の十月……半ばくらいだったと思います」

「その時、彼の頬にはすでに大きな傷があった」

「はい。その年の夏に負った傷です」

「ふむ。くだんの写真の中では、彼の頬に傷はなかった。ゆえに、写真が撮影されたのは昭和二十五年の夏以前であると結論付けたわけだ」

「ええ、そうです」

「貴女が結婚したのが昭和二十七年の秋で、その直前に写真の中の集会所は取り壊された。それで間違いないかね」

「はい。その通りです」

ランスロットはレーダーのように耳をくりくりと動かした。

「なるほど。ご主人は貴女と出会う前に、近所で行われた時代劇の公演を見た。そして、かつての教え子である菊間ユミエに再会し、記念に写真を撮った。その後、二人は男女の仲になったが、ご主人は家の事情で貴女と結婚した。それが貴女のたどり着いた推理であるのだな」

頭の中で考えていたことだったが、言葉として聞くと気が重くなった。静子は何も言わずに、ただ小さく頷くに留めた。

「人の心と体は密接に繋がっている。朗らかな気分であれば疲労は吹き飛ぶが、気が滅入っていると簡単に病気になってしまう。興味深い。実に興味深い」

ランスロットはぱちぱちと何度か瞬きをして、鼻をむずむずさせた。

「先に私の結論を伝えよう。貴女の推理は、少なくともある一点に関して、確実に間違っている」

「えっ」と静子はランスロットを見上げた。「ど、どこが……」

「写真の背景に写っているものについて、貴女は先ほど、大変丁寧に説明してくれた。遠景にアドバルーンが写っていたと、そう教えてくれたではないか。戦前、戦後の時代を生きてきた貴女なら、私の言わんとすることが分かるのではないかね」

戦争。思わぬところから飛び出してきた言葉に、静子は混乱した。

何も答えられずに黙り込んでいると、ランスロットがそわそわと足踏みを始めた。

「じっくり考えてもらっても構わないが、あまり長居すると貴女の体が冷えてしまう。答えを言ってしまおう。戦争に敗れ、日本は連合国軍機関であるGHQの管理下に置かれた。彼らが定めた取り決めの中に、『アドバルーンを揚げてはいけない』というものがあったのだ」

はっ、と静子は息を呑んだ。

新聞や書籍の言論統制。学校制度の新設。軍国主義教育の廃止。様々な政策を行ったGHQは、戦争を匂わせるものを排除することに注力していた。その一環として、風船爆弾のイメージが残存するアドバルーンも禁止されたのだった。

「アドバルーンの解禁は一九四九年——昭和二十四年の十一月だが、一般に広く用いられるようになったのは、昭和二十六年の四月の規制緩和以降だと言われている。この事実から考えると、ご主人と菊間ユミエが写った写真は、昭和二十五年のものである可能性は非常に低い。集会所が取り壊されたのが昭和二十七年なのだから、その前年、あるいは当年のいずれかだ。どちらにしても、貴女とご主人が出会ったあとのことだ」

「ですが、頰の傷が……」

「そう。歴史的な事実と、この写真には矛盾がある。だが、よく考えてみたまえ。前者を覆すのは難しいが、後者はさほどでもない。隣にいるのが舞台女優で、これが公演のあとで撮影されたという前提条件を加えれば、答えは自ずと明らかになると思うが、いかがかな」

静子は足元に視線を落とし、その言葉を反芻《はんすう》した。女優、公演、条件……。繰り返し口にしたが、答えは一向に思いつかない。

「少し、回りくどい言い方になってしまったようだ。貴女に近い年齢の者から謎を提示されることは、あまりないのでね。理解しやすい説明を心掛けねばな」

ランスロットは謝罪するように首を縦にぶんと振った。

「端的に言おう。貴女のご主人は、何らかの事情で公演に参加したのだ。傷が消えているのは、顔に白粉のようなものを塗っていたからだろう」

「舞台に？　そんなことは、あの人は一言も……」

「本格的に役者を目指していたわけではなく、その一度きりだったのではないかな。照れ臭かったから、家族には何も言わなかった。だが、教え子との大事な思い出の写真を捨てるのはしのびない。だから、タンスの引き出しの下に隠していたのだ」

「それは……」

推理そのものは、確かに矛盾をきちんと説明している。しかし、静子は抱えている疑念を捨てきれずにいた。

昭一は目立つことを嫌い、なるべくひっそりと過ごすことを善としていた。近所の寄り合いで集まった時は無言を貫き、夏祭りでは盆踊りの輪に加わることなく暗がりに佇《たたず》み、親戚の結婚式で任されたスピーチをわずか一分ほどで切り上げた。

そんな昭一が、いくら相手がかつての教え子とはいえ、ちょっと誘われたくらいで簡単に舞台に上がることを承知するとは思えなかった。それを承知したということは、とりもなおさず、二人の間に特別な関係があったことにならないか。

静子はぽつりぽつりと、しかしごまかしたり隠したりすることなく、自分の考えをランスロットに話した。

「貴女が不安を捨てきれないのは仕方がないだろう。私は私の推理に完全なる自信を持っているが、いま手の中にある証拠が不充分であることも理解している。菊間ユミエとご主人の間に何もなかった、とは言い切れない」

「申し訳ないと思います。私がいつまでもぐずぐずと……」

「自分を責めてはならない。自分の人生が無価値なものだったのか、あるいはそうではなかったのか。貴女は今、それを決める、極めて重要な分水嶺に立っている。悩むのは当然であり、むしろ積極的に悩むべきだろう。そして、こうして探偵として貴女と出会った以上、私には自らの推理を裏付ける証拠を提示する義務がある」

ランスロットは公園の片隅に群れていた雑草のところに向かい、それをひとしきり味わってから戻ってきた。

「一つ、提案がある。菊間ユミエの息子、菊間大星と会ってみてはどうだろうか。彼なら、母親から事情を聞いている可能性もある」

「それは……」

「みなまで言わずとも結構。菊間大星は海外に住んでおり、簡単には連絡が付かないと言いたいのだろう。そのことなら心配はいらない。私に任せたまえ。大国の大統領であれ、マフィアの首領であれ、私が命じれば連れて来られない相手はいない。近いうちに、連絡が付くように口利きをしようではないか」

ランスロットが「ふえぇぇ」と長く鳴くと、隣の男が懐から白いマフラーを取り出した。

「これは、私の毛で作ったものだ。この世に、これより暖かいマフラーはないと断言しよう。まだまだ寒い日が続く。自愛するといい」

男の手からマフラーを受け取り、首に巻く。柔らかな肌触りと、確かな温もり。静子は「ありがとうございます」と頭を下げた。

「では、私はこれで失礼する。また謎と遭遇し、悩むことがあればいつでも馳せ参じよう。貴女の人生に幸いあれ」

ランスロットはくるりと静子にお尻を向けると、ふっくらした尻尾を揺らしながら去っていった。

7

寿劇団の佐古から連絡があったのは、二月に入ってすぐのことだった。

「古い写真の件を菊間大星にメールで送ったら、ぜひ見たいという返事があった。ちょうど個展のために帰国するそうなので、よかったら会ってみてもらえないか」という内容だった。

真実がもたらされる可能性に対する恐れはあったが、静子はぜひ面会したい旨を相手に伝えた。大星が帰国するのは単なる偶然かもしれないが、とにかくランスロットは約束を果たした。ここで自分が逃げ出すことは卑怯な行為だという思いがあった。

約束の二月十日は、平日だった。学校を休んででも同行する、と息巻く亜里沙をなだめ、静子は一人、タクシーで比久奈駅に向かった。

駅のロータリーでタクシーを降り、徒歩で一分ほどのところにある「グアナコ」という店名の喫茶店を目指す。

店は、三階建てのビルの一階にあった。褐色の外壁には、楕円形のすりガラスの窓が並んでいる。入口脇にぶら下げられたランプからは、淡いオレンジの光が漏れていた。

店のドアの前に立った時、すっとガラスに人影が差した。

五十代と思《おぼ》しきスーツ姿の男性は扉を開け、「池谷静子さんですね」と微笑んだ。「菊間大星と申します。どうぞ中へ」

「すみません」

会釈をしながら店内に入る。客は他にはおらず、ちょびひげを生やした禿頭《とくとう》のマスターが、黙ってグラスを磨いているだけだった。

「よろしければ」

大星がすっと手を差し出す。長く海外で生活しているだけあって、女性の扱いには慣れているようだ。静子は素直に彼の手を取り、店の奥のボックス席に案内してもらった。

「ここまでいらっしゃるのは大変ではありませんでしたか。言っていただければ、ご自宅まで伺ったのですが」

大星が恐縮しながら切り出す。静子は「いいんです、たまには外出しないと」と答えた。外で会うのは、静子の希望だった。あの古い家に、個展を開くような画家を招くのはさすがに憚《はばか》られた。

「何かお飲みになられますか」

「では、紅茶を」

大星が「お願いします」と手を挙げると、すぐにコーヒーと紅茶が運ばれてきた。先に自分の分の注文を済ませていたのだろう。

砂糖を入れずに紅茶をすすり、大星の顔をそっと覗き見る。佐古に見せられた画集に載っていた写真とずいぶん印象が違うな、と静子は感じた。あの写真は昭一に似ているように見えたが、実物はさほどでもない。目元、鼻、口、輪郭。どこにも昭一との共通点は見出せない。

「あの、菊間さん。一つお伺いしてもよろしいかしら」

「ええ、どうぞ」

「ランスロット、という名に心当たりはありますか」

「……ランスロット公のことでしょうか。彼は私のパトロンの一人です。若い時分から、経済的に非常にお世話になっている方です。残念ながらお会いしたことは一度もないのですが。彼と面識が？」

「いえ、そういうわけでは」と静子は手を振った。「お気になさらず」

「はあ、そうですか」大星は首をかしげ、コーヒーを口に運んだ。「母の、古い写真をお持ちだそうですね」

静子は頷き、バッグから出した例の写真をテーブルに置いた。大星は口角を上げ、目を細めて写真をじっと見つめた。

「これはまた、ずいぶんと昔のものだ」

「昭和二十六年頃だそうです」

「おそらく、二十七年ですね。池谷昭一さんのことは、母から聞いています。この年の公演で、ちょっとした事件があったんです。主役の男優が、上演中に段差につまずいてアキレス腱を切ってしまいましてね。とても演技は続けられないが、主役抜きでは芝居が成り立たない。ということで、慌てて代役を探したんですが、その時、母が連れてきたのが、池谷昭一さんでした。彼は、男優に顔がよく似ていたんです。母は演じている最中に、たまたま客席にいた昭一さんに気づいたようですね」

「主人は、すんなり引き受けたんでしょうか」

「どうでしょうね。セリフのほとんどない、動きだけの役だったようですが、まあ、躊躇《ちゅうちょ》はされたでしょう。ただ、母は非常に人に取り入るのが上手かった。教え子と教師という繋がりを盾に、あれやこれやと理由を付けて、半ば強引に舞台に上げたんじゃないかと思いますね。芝居が台無しになったら、もう一座はおしまいだ、とかなんとか言って」と、大星は苦笑した。

「そうだったのですか。……その後のことは、何かご存じでしょうか」

「再会をきっかけに、手紙のやり取りをするようになったようですよ」

「……あの、実は、こんなものが」

静子は思い切って、菊間ユミエからの年賀状を大星に見せた。

「えー、なになに、『愛しの池谷先生にお目に掛かれず、私は一人、涙で枕を濡らす日々を過ごしましたのよ』ですか。いや、我が母ながら、これはよくないですね。誤解を招くような書き方だ」

「誤解、なんでしょうか」

「不安がられるのはよく分かりますが、これは母特有の表現でして。男性に手紙を書く時は、大抵、こういう色気を感じさせる文章を付け加えていました。もちろん、舞台を見に来る客を一人でも増やすためです。涙ぐましい営業努力なんです。そのせいでトラブルを招いたこともありましたが、それでも止めようとはしませんでしたね。母なりのポリシーと言ったところでしょうか」

「そうなのですね……」

大星が言葉を重ねるたびに、静子の心の内側に巣食っていた悲しみが少しずつ剝がれていく。

「ああ、そうだ。これをご覧になれば安心されると思います」

大星が取り出した写真には、まげのかつらをかぶり、着物をだらしなく着崩した男性が写っていた。その顔を見た瞬間、静子は目を見張った。男性の顔は昭一にそっくりだった。

「これは、僕の父親の写真です。二十七年の公演で足を怪我した、粗忽者《そこつもの》の男優ですよ。昭一さんに実によく似ているでしょう」

「ええ、本当に……」

「父と母は籍を入れていません。伊豆での公演で、母は父に妊娠の事実を告げたそうです。その翌朝、父は一座が寝泊まりしていた旅館から姿を消しました。子供ができるという重圧に耐えられなかったんでしょう。……昭和二十九年の暮れの出来事だったと聞いています」

母は、僕が成人するまで父親の話を一切しませんでした、と大星は言った。

「父親の話は寿座の中でもタブーになっていたようで、他の人たちはもちろん父親が誰だか知っていたはずですが、新人が入ってきてもその話をしようとはしませんでした。舞台からも父親になることからも逃げ出した男について話すことなど、何もなかったのでしょう。僕も物心つく前から、父親について尋ねてはいけないんだな、と理解していました。……この写真は、二十歳になったその日に、母が見せてくれたものです。そこで初めて、母はいろいろな話をしてくれました。ひどい男だから顔くらいは覚えておけ——そんなことを言っていましたが、ひょっとしたら、見つけたら教えてくれという意味を込めて、この写真を出したのかもしれません。……いずれにせよ、僕は結局、父とは一度も会わないまま、この歳まで来ました」

湯気が消え、冷め始めたコーヒーで喉を湿らせ、大星は続ける。

「母は昔のことを思い出させるものをなるべく残したくなかったんでしょう。父が写っている写真は、この一枚きりです。だから、池谷さんがお持ちの写真は、僕にとっては非常に貴重なものなんです。若い頃の母の姿を見ることができて、本当によかった。ありがとうございます」

「もしよろしければ、お持ちいただいても結構ですよ」

「いや、そんな」

「本当に構いません」と静子は微笑んでみせた。「主人の写真は他にもありますもの。菊間さんにとっては、これは唯一無二のものでしょう」

「……そうですか。では、ありがたく頂戴します。その代わりと言うわけではありませんが」

大星が封筒を取り出す。それは菊間ユミエに送られたもので、差出人は昭一になっていた。

「母の遺品を整理していた時に出てきた手紙です。もしよろしければ」

静子は伸ばしかけた手を途中で止めた。

「……お読みになりましたか」

「ずっと以前に見つけたものなので、その時に。普通の手紙ですので、ご安心ください」と大星は口の端を持ち上げた。

静子は封筒を手に取った。数枚の紙を重ねただけのそれが、やけに重く感じられた。

帰宅し、静子はいつものように和室に入った。

こたつが暖かくなるのを待ちながら、受け取った封筒をじっと見つめる。消印は、昭和三十九年となっている。東京オリンピックがあった年だ。

赤外線ヒーターが熱を放ち始め、足がじんわりと暖かくなる。静子はおもむろに封筒に手を伸ばし、二枚の便箋を抜き出した。

折り畳まれた手紙を開くと、そこには昭一の几帳面な文字が並んでいた。

巷間はオリンピックの話題で持ち切りですが、演劇の世界にも何か影響が出ていますでしょうか。景気の良い話には、鬼が潜んでいる場合もございます。どうか、地に足を着けて、しっかりと芸事の道に邁進していただければと存じます。

さて、先日ご相談させていただいた件、悩んだ末、こけしを彫ることにいたしました。女性が喜ぶものを贈る、という当初の目標とそぐわぬものかもしれませんが、指輪やネックレス、時計といった装飾品はいかにもきらびやかで、私自身、選ぶことに気後れしてしまいそうでした。こけしのような、さりげない形が良いのではないかと考えております。

学校の工作の際に初めて知ったのですが、こけしはそもそも、温泉地に来る湯治客に向けた、子供用の安価な玩具だったそうで、心身回復と五穀豊穣を司る山の神と繋がる縁起物なのだと言われております。やはり生きていく上で最も重要なものは健康であると私は考えておりますので、このような結論に至った次第です。せっかくご助言いただいたのに、申し訳ありません。

ただ、お前のためにと直接伝えるのはどうにも気恥ずかしく、どういう形で贈ればいいのか、いまだに決めあぐねております。本件について、またご相談させていただくこともあろうかと思います……。

「……こけし」

そこまで読んだところで、静子は便箋から目を上げた。

教え子に宛てたものとは思えぬほど丁寧な言葉遣いで書かれたこの手紙は、贈り物についての相談に対する返事らしい。菊間ユミエからもたらされた助言に反してこけしを選んだことを、昭一は詫びている。

『お前のためにと直接伝えるのはどうにも気恥ずかしく』とあるが、昭一は誰のためにこけしを作ったのだろう。

——もしかして。

静子は立ち上がり、タンスの上のこけしにそっと手を伸ばした。

冷たく、滑らかな手触り。こうして手に取ってまじまじと見るのはいつ以来だろうか。ひょっとすると、初めてかもしれない。

背中側をひと通り確認してから、静子はこけしをひっくり返した。

底面の片隅に、さりげなく彫られた文字。

〈静子へ〉

涙と同時に、笑いがこぼれ出た。

こんな形でしか、気持ちを伝えられないなんて。こんなに口下手で、不器用な人間は、昭一をおいて他にはいないのではないかという気がした。

「……ありがとうございます」

静子はタンスの上のこけしたちを見上げた。

微かに笑っているその表情が、めったに見ることのなかった昭一の笑顔に重なり、淡く滲んでぼやけた。

第五話

アルパカ探偵、少女の想いを読み解く

1

須崎佑志《すざきゆうじ》は、携帯電話のアラームが鳴り始める一分前に目を覚ました。体を捻《ひね》って携帯電話を摑《つか》み、体に染みついた動きに任せてアラームを止める。寝癖のついた頭を掻《か》きながらベッドを降り、ふらふらと寝室を出た。

午前七時半。リビングに入り、テレビをつける。ちょうど天気予報をやっていた。今日は一日晴れるようだ。

目が覚め始めた頃合いで、さて、とキッチンに向かう。朝食の準備をしなければならない。と言っても、大した作業ではない。湯を沸かしてインスタントコーヒーを淹れ、トーストを焼くだけだ。

ただ、今朝も今ひとつ胃の具合が思わしくない。不惑を過ぎてから四年。二十代の頃は朝から茶碗に山盛りのご飯をぺろりと平らげたものだが、最近はトースト一枚を食べきるのさえ辛い。コーヒーに砂糖を多めに入れて、それを朝食代わりにすることにした。

てこない。

と、そこで異変に気づく。支度をしないと間に合わない時間なのに、一向に娘が起き出し

「おいおい、遅刻するぞ」

佑志はキッチンを出ると、小走りに二階に上がった。窓からは、活力に満ちた朝の光が差し込んでいる。その眩しさに目を細めながら廊下を進み、奥の部屋の前に立った。

ドアをノックし、「おーい、春香《はるか》。朝だぞー」と声を掛ける。しかし、しばらく待っても返事はない。

「まだ寝てるのか？　仕方ないな。開けるぞー」

ドアノブに手を伸ばしかけた瞬間、はっとした。

——一体、誰を起こすっていうんだ？

自分の指先を見つめ、佑志はだらりと右腕を下ろした。

「……しっかりしろよ、俺」

力なく呟き、佑志は三カ月前に他界した娘の部屋の前を離れた。

いつもと同じ時間の電車にかろうじて滑り込み、佑志は大きく息をついた。自らのふがいなさにショックを受け、十分ほど呆然としていたせいで身支度に手間取ってしまったが、な

んとか間に合った。

周りは通勤客で混み合っている。普段は通路の奥に陣取って文庫本を読みながら過ごすのだが、今日はギリギリに乗車したために出入口近くに留まらざるを得ず、本を開くスペースが取れない。仕方なく、暇つぶしに吊り広告に目を向けた。

視線の先にあったのは、経済誌の広告だった。『賃貸と持ち家、どちらを選ぶべきか。専門家が指摘するリスクとベネフィット』『加速する外国人向けビジネスの功罪』『介護に携わる人々の変心とサービス向上への道』などの見出しをぼんやりと眺めるうち、あるフレーズが目に留まった。

『画期的新薬、まもなく承認へ。癌《がん》免疫療法が拓く新しい医療』

そんなに煽って大丈夫か。佑志は心の中で呟いた。

過度な期待は、万が一失敗すれば大きな失望に繋《つな》がる。そのギャップは、患者のみならず、患者の家族にものしかかってくる。

その新薬のことはよく知っていた。確かに癌を根治させる可能性を秘めているが、誰にでも効くというわけではない。少なくとも、春香にはまったく効果がなかった。

思い返してみれば、佑志の人生は癌に翻弄されてきた。

覚えている最初の犠牲者は、父だった。佑志の父は胃癌を発症し、五十代で亡くなった。

一家の大黒柱を失ったことで生じた、埋めようのない経済的不安の影響は大きかった。佑志は決まっていた私立大学への進学を取り止め、一浪して国立大学を目指すことになった。

二人目の犠牲者は妻だった。妻の明菜《あきな》は佑志より五つ年上で、同じ職場で働いていた先輩社員だった。物おじせずに自分の意見を上司にずばずば言うくせに、虫が大の苦手で、机の上を小さな蜘蛛《くも》が這っているのを見ただけで大声を上げるような、アンバランスなところがあり、佑志はそんなところに魅力を感じていた。

会社の健康診断で、乳癌を患っていることが判明したのは、明菜が三十八歳の時だった。すぐに乳房の切除手術が行われたが、癌は明菜を見逃してはくれなかった。半年も経たずにリンパ節への転移が見つかり、あらゆる手を尽くす時間すら与えられないまま、明菜は永い眠りについた。

次は自分の番だろうか。明菜の葬儀で佑志はそう思ったが、死神が狙いを定めたのは佑志ではなく、一人娘の春香だった。

それは本当に突然やってきた。昨年の九月半ばのある日。春香は朝からひどい頭痛に悩まされていた。鎮痛剤を飲んでも一向に良くならないので、念のためにと病院に行き、精密検査を受けた結果、脳に腫瘍ができていることが分かったのだった。

腫瘍は、到底手術ができないような脳の奥深くにあり、抗癌剤と放射線を併用した治療が試みられた。その過程で、経済誌の特集にあった「画期的な抗癌剤」も試した。一部の患者では腫瘍が完全に消えることもあると聞き、わざわざ米国から取り寄せたが、期待していたような効果はなかった。

薬の副作用によって春香を苦しめ続けた治療期間は、二カ月足らずで終わった。春香は十七歳の若さで、佑志の父や明菜が待つ天国へと旅立った。癌は、またしても大切な家族を佑志から奪い去っていったのだった。

十数年にわたる、春香との二人きりの暮らしは、あまりに当たり前になりすぎていた。春香がいなくなってから三カ月。冬を越え、春を迎えようとしているのに、佑志はまだ、娘を失ったという実感を持てずにいた。

朝、起きた時。会社から帰宅した時。風呂から出て、リビングに入った時。生活のあらゆる場面で、春香がいるものとして行動してしまう。頭では分かっているつもりでも、体が先に反応してしまうのだ。

最初は、そのうち慣れるだろうと思っていた。しかし、日が経つに連れ、むしろ「症状」は良くなるどころか悪化しているようだった。いくら寝起きとはいえ、今朝ほどの失態をやらかしたことは一度もなかった。

ため息をつき、吊り広告から窓の外に目を向ける。乗客たちの隙間からわずかに見える外の景色は、暖かな日差しに照らされ、淡い白に輝いていた。

——もう、春が来るんだな。

そう思った瞬間、ぐっと喉が詰まった。春香が生まれたのも、こんな風に良く晴れた気持ちのいい日だった。

突き上げるような悲しみが、目頭を熱くさせる。佑志は歯を食いしばり、左右の眉を重ね合わせんばかりに強く目元に力を入れることで、必死に涙を抑え込んだ。

2

佑志は電車からホームに降り立ち、はあ、と吐息を落とした。時刻は午後六時を少し過ぎたところ。普段の帰宅時間より一時間ほど早い。

佑志は、都内にある商社の総務部に勤めている。蛍光灯や空調機などの社内設備管理、各部署で使う備品の購入対応、郵便や宅配便への対応などが主な業務なのだが、今日は立て続けにいくつかのミスをした。コピー機のメンテナンス業者との打ち合わせをすっぽかし、事務用品の購入伝票を誤ってシュレッダーに掛け、冷蔵で届いた宅配物をずっと室温に放置していた。

佑志の堅実な仕事ぶりを高く買っている上司は、初歩的なミスが重なったのを見かねて、早めに帰宅してゆっくり休むように指示を出した。たまにはそんなこともあるさ、と笑い飛ばせないくらい、自分は疲れた顔をしていたのだろう。佑志は素直に、上司に言われた通りに家路に着いたのだった。

今朝の出来事が尾を引いていることは分かっていた。分かっていても、気分が沈んでいくのを止められない。ブレーキの壊れた自転車で、先の見えない坂を下っている気分だった。

一度、病院の精神科で見てもらった方がいいだろうか……そんなことを考えながら改札を抜けた時、「おじさん!」と声を掛けられた。

切符売り場のところで、黒の詰襟《つめえり》を着た男子学生が手を挙げていた。

「ああ、和樹《かずき》くん」

ぎこちなく笑い、後ろからの人波に押されるように和樹のところに向かう。

「どうも。お仕事お疲れ様っす」

和樹は神妙に会釈をした。彼の体からふっと制汗剤の匂いがして、佑志は年月の流れの速さを感じた。新谷《しんたに》和樹は春香の幼馴染みで、小・中・高とずっと、同じ学校に通い続けていた。保育所に入った頃からよく知っているが、道で転んでは泣き、犬が怖いと言って泣いた彼も、身だしなみに気を遣う歳になったのだ。

「ずいぶん大きくなったね」と佑志は自分の頭の上に手をかざしてみせる。「すっかり追い越されちゃったな」

「最近、また急に伸びたんっすよ。プロテイン取るようにしたんで、そのおかげかもしれないっす」

和樹は高校でサッカー部に入っている。ポジションは確か、ミッドフィルダーだったか。推薦でぜひウチに、と大学から声が掛かるほどの活躍ぶりらしい。冬服を着ているので一見すると分からないが、黒い詰襟の下には、しなやかな筋肉をまとった肉体が隠されているのだろう。

「どうしてここに？　誰かと待ち合わせかい」

「ええ、その……」と和樹が短く刈った頭を掻く。「彼女と、なんすけど」

「彼女って、ガールフレンドって意味の？」

「そうっす」と恥ずかしそうに和樹が頷《うなず》く。「オレも向こうも、高田馬場にある予備校に通ってるんすけど、一緒に行きたいって言うから、こうして待ち合わせてるんすよ」

「いいねえ、高校生らしいよ、そういうの」

おっさん臭いな、と思いつつ、佑志は和樹の肩を叩いた。

「ども」と、和樹は白い歯を見せる。ひねくれたところのない、素直な気性の和樹のことを、佑志は子供の頃から気に入っていた。春香とも仲が良かったので、彼になら娘を任せてもいいとまで思っていた。何度か、冗談めかして「和樹くんを婿にもらったらどうだ」と春香に言ったこともあった。そんな時、春香は決まって「なんでそんなこと言うの、お父さん」と、顔をしかめたものだ。

在りし日の娘の表情がぱっと思い浮かんだ瞬間、激しい悲しみが突風のようにわき起こった。外だぞ！　こらえろ！　と言い聞かせるが、まるで効き目がない。十秒もしないうちに、体中の水分がこぞって詰め掛けたかのように瞳が潤み始める。

これはもう、無理だ。佑志は肉体の要求に抗うのを諦《あきら》め、「じゃあ、俺はこれで」と顔を伏せ、その場をそそくさと離れようとした。

「あの、おじさん！」

和樹の声が背中にぶつかる。周りの人々は不思議そうに振り返るが、佑志は足元に視線を固定したまま立ち止まり、「なんだい」と聞き返した。

「春香のこと、すごく辛いと思います。元気出してください、なんて、しょうもないことしかオレには言えないっすけど……」

「……いや、ありがとう」

ありふれた言葉がやけに胸に響いて、ますます涙があふれてくる。このまま和樹と話していたら、号泣は避けられない。佑志は何も言わずに手を挙げ、うつむいたまま駅をあとにした。不自然な態度だと分かっていたが、大人として、春香の父親として、情けないところは見せたくなかった。

帰宅し、佑志はリビングのソファーにどっかりと腰を下ろした。コンビニで弁当を買ってきたが、食欲はゼロだった。

朝の通勤電車。日中の会社でのミス。そして、和樹と交わした会話。どれをとっても、情けなさすぎると言うほかなかった。

春香を失った辛さを忘れることは、もちろん無理だ。折に触れて涙を流すこともあるだろう。だが、今の状態はあまりに中途半端だ。するめを長々と噛《か》み続けるように、悲しみを少しずつ引き出していてはキリがない。覚悟を決めて、春香の死と向き合わねばならない。

「……よし」

膝《ひざ》を叩き、佑志はネクタイを引き抜いて立ち上がった。今夜は思いっきり泣く。泣きまくって、自分の感情をコントロールする術を身につけ直すのだ。

キッチンに向かい、景気づけにビールをぐっと呷《あお》る。酒には強い方だが、五〇〇ミリリットル缶一本で、頭がかっと熱くなった。

空になった缶をゴミ箱に放り込み、二階に上がった。まっすぐに春香の部屋に向かい、ドアノブを摑む。

春香がいなくなってから、佑志はこの部屋に一度も足を踏み入れていなかった。娘のことを強く思い出させるものに触れるのを恐れていたのだ。

自分を取り戻すためには、この試練を乗り越えねばならない。佑志は深呼吸をしてから、思い切ってドアを開けた。

その瞬間、ふわりと甘い花の匂いが鼻腔を掠めた。春香が使っていたシャンプーの香りだ。懐かしさにまた涙が滲《にじ》んでくるが、構うものかと室内に突入する。

明かりをつけると、わずかに黄みがかった白い光が六帖《じょう》の部屋を満たした。

薄桃色のカーテン。花の模様がちりばめられた布団が載ったベッド。マンガと小説が詰まった本棚。教科書と参考書が積まれた学習机。

部屋にあるものすべてが、さあ思い出せと迫るように、春香の姿をありありと思い起こさせる。荒れ狂う記憶に押し潰され、佑志は床に崩れ落ちた。頭の中は数千ピースのジグソーパズルをぶちまけたようにぐちゃぐちゃで、映画のワンシーンをランダムに組み替えた映像を見せられている気分だった。

胸の中にわだかまっていた悲しみが、激しく肥大し、黒くて重い塊へと変貌し始める。ぐらぐらと床が揺れ動いているような錯覚があった。悲しみが度を超えるとこうなってしまうのだな、と佑志は混乱しながらもそんなことを思った。

涙で視界がぐにゃりと歪み始めたその時、佑志はベッドの下に何かが落ちていることに気づいた。

……あれはなんだろう？　素朴な疑問が、悲しみのあまり遠のきかけていた意識を現実に引き戻した。涙が、すっと引っ込んでいく。

佑志は匍匐《ほふく》前進するようにそちらに向かい、這いつくばったまま手を伸ばした。

ベッドの下に隠されていたのは、一冊の日記帳だった。

ピンク色の革の表紙に丸みを帯びた文字で『ＤＩＡＲＹ』と書かれており、側面に革のバンドがついていて、小さな南京錠がぶらさがっている。

「こんなものを書いてたのか……」

ベッドの下を確認するが、対応する鍵は見当たらない。佑志はそこで、娘がまだ小学生だった頃に送ったアドバイスを思い出した。

家の鍵のような大切なものは、財布に入れておきなさい。財布を無くさないように気を付けてさえいれば、必要な時に探し回らなくて済むからね――。

「ひょっとして……」

立ち上がり、学習机の脇に吊り下げられた、合皮の通学用カバンの中を探る。財布はすぐに見つかった。ずっとここに入れっぱなしにしてあったようだ。

小銭入れを確認すると、小指の先ほどの鍵が見つかった。

「よし、あった」と呟いたところで、佑志は手を止めた。

果たして、日記を読んでもいいのだろうか？

早くに妻を亡くし、春香との二人きりの生活を送る中で、佑志は娘のプライバシーを守ることを強く意識していた。互いの間にあえて一線を引いたのは、なるべく早く、春香を精神的に自立させるためだった。だから、春香のスマートフォンを勝手に見たり、娘が不在の時に部屋に立ち入ったりはしなかった。

日記帳と鍵を手に、佑志は床に座り込んだ。この日記の中には、春香の日常が綴られている。娘の心の動きが、包み隠さず記されている。

春香は小さな頃から、聞き分けのいい、物静かな子だった。わがままを言って佑志を困らせたことなど、一度もなかった。

だが、それは父子家庭という環境が作り出した姿だったのではないか。人と人との繋がりの中を生きる一人の人間として、春香もまた、喜んだり悲しんだり、悩んだり苦しんだりしていたはずだ。しかし、春香はそれを打ち明けようとはしなかった。父親の負担になりたくない、自分一人で解決すべきだと、そう思ったのかもしれない。

春香の歴代の担任は口を揃えて、「落ち着いていて、協調性が高い」と彼女を評していたが、冷静沈着な姿は、春香の一側面でしかなかったはずなのだ。父親である自分は、娘の努力——そう呼ぶべきだろう——に甘え、彼女と腹を割って話し合う努力を怠った。それもまた、佑志の後悔の一つだった。

だが、いま手の中には、娘の剝き出しの心がある。この日記を読めば、知る機会のなかった春香の一面に触れることができる。

「……ごめんな、春香」

これを見なかったことにするのは、正直な気持ちに蓋《ふた》をするのと同義だ。今日、意を決してこの部屋にやってきたのは、自分の心と向き合うためだ。嘘やごまかしはいらない。知らなかった世界を覗きたい、という気持ちに正直にならねばならない。罪悪感を引きずることになったとしても、この日記を読むべきだ。

ぐずぐずしていたら、決心が鈍りそうだった。握り締めていたせいで温まってしまった鍵で南京錠を外し、ゆっくりと日記を開く。

最初のページの中央に、小さな文字でタイトルだけが書かれていた。

『Xとのこと』

文字の形からして、Xはバツではなくアルファベットのエックスだろう、ということは分かったが、言葉の意味するところがさっぱり理解できない。

首をかしげながら、佑志はページをめくった。

日記は、去年の四月二十日から始まっていた。その冒頭に書かれた文章を目にした時、心臓が一瞬止まったような錯覚に襲われた。

『今日、放課後にXから告白された。

すごく、驚いた。でも、付き合いたいって言われて、それで、私もやっと自分の気持ちに気づいた。

うん、って頷いた。

これから、週末はXと二人で、いろんなところに遊びに行くつもり。焦りすぎないように、時間を掛けて、頭の中を整理したい。好きって気持ちが、どうなっていくのか分からないけど、きっとうまくやっていけると思う』

「おいおいおい……」佑志は日記を手にしたまま、室内をうろうろと歩き回った。「なんだよこれ。聞いてないぞ……」

春香に彼氏がいた？　まったくもって完全に初耳だった。一緒に暮らしていたのに、微塵《みじん》もそんな気配を感じたことがなかった。

ショックを受けながら、震える指でページを繰っていく。

それは、春香とXとの交流の記録だった。

Xと一緒に買い物に行った。Xと喫茶店に入ってたくさん話をした。Xと一緒に電車で出かけた。Xと初めて手を繋いだ……。

記されているのは、Xとの間に起きた出来事のみで、それ以外の日常生活については一切書かれていない。日付は飛び飛びだったが、週に一度は記載があった。

端的にまとめるなら、春香とXは、少女マンガのように典型的な、甘酸っぱくて初々しい恋愛を謳歌していた。

だが、この日記には、読み手にとって極めて大きな問題があった。どれだけページをめくっても、Xの名前が書かれていないのだ。

日記は、八月三十一日で終わっていた。最後のページはXとの水族館デートに関する記述と、夏休みが終わってしまうことについての感想のみだった。

日記を閉じ、佑志は春香のベッドに腰掛け、がりがりと頭を掻いた。

「……誰なんだよ、Xって！」

3

翌朝。今日が土曜日でよかったと思いながら、佑志はリビングのカーテンを開けた。思ったより強い日光に、目がちかちかした。

昨夜は結局、ほとんど眠れなかった。春香の思い出にどっぷり浸りながら号泣するつもりだったが、あの日記のせいでそれどころではなくなってしまった。

頭を振りながらソファーに腰を下ろし、ガラス戸の向こうに目を向ける。午前九時。自宅の庭では、すずめたちがちょこちょこと跳ねながら、顔を寄せ合って楽しげに鳴き交わしている。一句詠みたくなるほど平和な朝の風景は、数メートル先で繰り広げられているはずなのに、ずっと遠い世界の出来事のように感じられた。

佑志は大きく息を吐き出し、ソファーにごろりと寝そべった。

あれから、何度も春香の日記を読んでしまった。読むことへの罪悪感が消え去り、ページをめくることに何の躊躇《ちゅうちょ》も無くなるまで、繰り返し読み込んだ。

しかし、である。彼氏との交際の記録であるにもかかわらず、まるで最初から他者に盗み読まれても大丈夫なように、Xに関する情報は見事に伏せられていた。髪型、体格、血液型、利き手、口調、性格……そういった基礎的なデータを推測できる記述は、一切見当たらなかった。相手が高校生かどうかすら定かではない。

ただ、春香はXとのデートを楽しんでいたようだ。Xと出掛けた日の日記は、「最高に楽しかった」「一緒に来られてよかった」「またいつかここを訪れたい」などの、読み手を照れさせたり温かな気持ちにさせたりするような、前向きな言葉で締めくくられていた。それらはどれも、春香が普段は決して口にしなかったフレーズだ。

春香の日記を読むたび、佑志の心の中で、ある想いが膨らんでいった。

Xが誰なのかを知りたい。

彼を憎む気持ちはなかった。ただ、他の誰にも見せなかったであろう娘の一面を知っている人間がいると思うと、ひどく落ち着かない気分になる。

Xと会って、春香の話を聞く。そうすることで、自分は春香のことを思い出にできる。それが、一晩考えてたどり着いた結論だった。

人前で泣くのは憚《はばか》られるが、もしそうなっても、Xは笑ったりせずに受け止めてくれるだろうという確信があった。春香が選んだ彼氏なのだ。思いやりにあふれた好青年に違いない。

Xの正体を突き止めるためには、いわゆる探偵の真似事をしなければならない。

身の回りに残された情報源からたどっていくのが近道だが、残念ながら、春香が使っていたスマートフォンは解約してしまっている。本体ももう手元にはない。また、春香は自分用のパソコンを持っていなかったので、メールの履歴を探ることも不可能だ。あの日記以外に、Xにストレートに迫りうる記録はない。

となれば、間接的な記録に頼るほかないだろう。

佑志は昨夜のうちに、名簿で春香の葬儀の参列者を確認していた。葬儀には、彼女の友達に加え、同じクラスの生徒が全員参列した。男子は二十人近くいたが、「僕、春香さんと付き合っていました」と言いに来た者はいなかった。また、親類とクラスメイト、担任以外に男性は一人も参列していない。記帳せずにXがその場に紛れ込んでいたという可能性もあるが、失意の底に沈んでいたため、佑志はよく参列客を見ていなかった。あの日のことを正確に思い出すのは不可能と言ってよかった。

では、見舞いはどうか？

入院中の春香を見舞ってくれた同級生は何人もいたが、全員女子だった。男子で唯一顔を見せたのは、幼馴染みの和樹だけだった。彼は何度も足を運んでくれたが、残念ながらXではないと断言していいだろう。昔からの顔見知りなのだ。交際する時にはきっちり挨拶に来るはずだが、それがなかったからだ。和樹はそういう礼儀をしっかり身につけている。ゆえに、むしろ彼は真っ先にXの候補から除外される。

なぜ、Xは春香の見舞いに来なかったのか？　それとも、単純に見落としていただけなのか？　今となっては確かめようのないことだった。

やはり、別の角度から調査を進めていくしかなさそうだ。

ソファーから立ち上がり、リビングのサイドボードの引き出しを開く。しばらく探ると、春香のクラスの緊急連絡網が見つかった。このリストを元に、春香のことをよく知る生徒にコンタクトを取り、情報を集めるつもりだった。

しかし、情けないことに、誰と親しくしていたのかが分からない。学校での生活の様子を春香に聞いたことはあったが、個人名を訊《き》き出すことはしなかった。こんなことなら友達の名前くらいは教えてもらっておけばよかったと後悔するが、ここで悔やんでいても仕方ない。

こういう時は、知り合いに頼るのが一番だ。佑志はさっそく、新谷家に電話を掛けた。幸い、和樹は家にいた。

「おはよう。ごめんね、朝っぱらから」

「いえ、大丈夫っす。オレに何か用っすか」

「うん。ちょっと調べたいことがあってね。和樹くんにならば正直に話してもいいと思うから言うけど、どうもね、春香には付き合っていた相手がいたみたいなんだ」

「マジっすか！……やっぱりそうだったんだ」

「知ってたのかい？」

「いや、なんとなくっすけど。あいつ、オレが今の彼女と付き合う前に、いろいろアドバイスをくれたんすよ。近場で遊びに行きやすい場所とか、おいしい店とか、プレゼントにちょうどいい雑貨を売ってるところとか。やけに詳しかったから、誰かとデートにでも行ってるのかなって。雑誌で読んだだけ、って春香は言ってましたけど」

「……そっか」

「相手の名前は分かってるんすか」

「いや、それが知りたくて電話をしたんだけどね。ぜひ、彼から春香の話を聞きたいと思ってさ」

「ああ、なるほど。人探しっすか……。こういう時、アルパカ探偵が来てくれたらいいんすけどね」

突然、妙なフレーズが出てきた。「ん？　なんて？」と佑志は訊き返した。

「聞いたことないっすか。『アルパカ探偵』っすよ。どうしても解決できない謎に悩んでいると、どこからともなくアルパカが現れて、あっという間に答えを教えてくれるらしいっす。オレ、子供の頃からアルパカが好きなんですよ。で、この噂を学校で聞いて、会えないかなーってずっと思ってて……」

　アルパカ探偵という単語には心当たりがなかったが、春香の日記の中には、アルパカに関する記述があった。去年の七月に、Xと二人で、栃木県の那須《なす》にあるアルパカ牧場を訪れている。どうやら春香も、アルパカに強い関心を持っていたらしい。高校生を惹き付ける何か特別な要素があるのだろうか。よく分からなった。

「和樹くん、どうしてアルパカが好きなんだい」

「……変っすかね、男なのに」

「いや、男とか女とかは関係ないよ。どの辺が気に入ったのかなと思ってさ」

「とぼけた顔っすね、なんと言っても。小学生の頃にテレビCMで見て、一発で気に入ったんです」

　今も、カバンに小さなアルパカのぬいぐるみを付けてます、と和樹は嬉しそうに語った。結構なアルパカファンらしい。体は大きくなったが、まだまだ可愛いところがあるじゃないか、と佑志は思った。

　とはいえ、アルパカは毛が豊富なだけの草食動物にすぎず、もちろん探偵などが務まるわけがない。「本当に来てくれたらいいけどね」と佑志は苦笑した。

「すみません、変な話をしちゃって」

「いや、いいんだ。それより、春香の彼氏のことなんだけど。春香と一番仲が良かった女の子なら、何か知っているんじゃないかと思うんだけど、どうかな」

「そうっすね。窪川《くぼかわ》なら、たぶんオレより詳しいと思います。一年の時から一緒だった子なんで。俺の方から連絡してみます」

和樹は佑志の頼みを快く引き受けてくれた。携帯電話のメールアドレスを交換し合い、佑志は電話を切った。

インスタントコーヒーに砂糖をたっぷり入れ、ぐっと飲み干して大きく息をつく。とりあえず、一歩前進と言ったところだろう。

4

和樹の対応は早かった。彼から届いたメールによると、窪川というその女子も佑志と話をしたがっているという。渡りに船と面会を申し込むと、とんとん拍子に話が進み、午後から彼女と二人で会うことになった。

午後二時。佑志は比久奈《ひくな》駅のほど近くにある喫茶店、「グアナコ」にやってきた。年季の入ったビルの一階にあり、帆船の客室を連想させる褐色の外壁と楕円形の窓が特徴的な、小ぢんまりとした店だ。

店の前には、赤い自転車が停まっている。入口の扉を押し開けて中に入ると、ちょびひげのマスターが「いらっしゃい」と低い声で言い、軽く会釈を寄越してきた。

奥の席にいた、薄桃色のセーターを着た女子が顔を上げる。離れ気味の目と、赤いフレームの眼鏡。その顔には見覚えがあった。春香の見舞いに何度も来てくれた子だった。下の名前は確か、「玲《れい》」だったはずだ。春香は、彼女のことを「れいちゃん」と呼んでいた。

「こんにちは。窪川です」

「ああ、うん。悪いね、急に連絡しちゃって」

佑志は彼女の向かいに腰を下ろし、ホットのカフェオレを注文した。

店内には、『コンドルは飛んでいく』に似た曲調の、郷愁を誘う曲が流れている。南米の民族音楽か何からしい。佑志たちの他には客はおらず、目を閉じて時の流れに身を委ねたくなるような居心地の良さがあった。

「お礼を言うのがすっかり遅れちゃったけど、春香のお見舞いに何度も来てくれてありがとう」

「いえ、私にできるのはあれくらいだったので……」

玲はそう言って、毒々しい緑色のソーダに載っているアイスを口に運んだ。

「あの、だいたいのところは新谷和樹くんに聞きました。春香に彼氏がいたって、本当なんですか」

「うん、春香が遺した日記に、そのことが書いてあったんだよ。ただ、名前が日記のどこにも見当たらなくてね。気になって調べてるんだ。何か知らないかい？」

「私も初めて聞きました。春香、全然そんな素振りを見せなかったから……。あの子、基本的にはクールだったし、ポーカーフェイスも得意だったみたいなので」

「分かるよ。家でもそうだった」

「ただ、言われてみると思い当たる節はあるんです。去年の夏前、土曜日に偶然、春香と駅前で会ったことがあって。『どこに行くの？』って訊いたら、『ちょっと、親戚の人のところに』って言われたんです。私も電車に乗るつもりだったので、途中まで一緒に行こうかって誘ったんですけど、逆方向だからって断られて。その時はふーんって思っただけでしたけど、今にして思うと、どことなく態度が不自然だったかなって。言い訳っぽいっていうか、春香なら『○○駅まで』ってはっきり言いそうなのに、曖昧にごまかしてたんですよ」

「その時、君はどっち方面の電車に乗ろうとしてたの？」

「新宿方面の電車です」

上りだ。だとすると、春香は川越、所沢方面に行くつもりだったことになる。しかし、そちら側に親戚はいない。春香は嘘をついたのだ。

「……誰かと待ち合わせをしていて、それを見られたくなかったのかもしれないな」

「そんな感じがします」と玲は真剣な表情で言った。

　今の証言は、日記の記述とも、佑志の記憶とも一致している。去年の春から夏にかけて、春香は週末に外出をすることがあった。半月に一度くらいの頻度だろうか。友達と遊びに行くから、と言っていたが、相手は友人ではなくXだったのだ。

「他に何か思い出したことはあるかい？」

「……連絡をもらっていろいろ考えてみたんですけど……すみません」

「いやいや、君が謝ることじゃないよ」と佑志は慌てて手を振った。和樹からどう聞いたのか分からないが、ずいぶん深刻に捉えているようだ。

　不思議とまったく溶けていないアイスをスプーンでつつき、玲は目を伏せた。

「春香とは気が合ったし、なんでも話し合える仲だと思ってました。でも、春香はそうじゃなかったのかなって思ったら……なんか、落ち込んじゃって」

「春香は、恋愛のことは全然口にしなかったのかな」

「訊いたことはありますけど、好きな人はいないって言われただけでした。彼氏のこと、よっぽど隠したかったんですね」

「なんか、申し訳ないね。俺が余計なことを吹き込んでしまったせいで……」

てたんですよ」

「大丈夫です、別に春香のこと、嫌いになったわけじゃないんで。むしろ、今でも尊敬してます」と玲は少し早口で言った。「知ってました？　春香は、みんなからすごく頼りにされ

「そうなのかい？　父親としては、ちょっと意外かな」

「確かに、自分から目立とうとしたことはありませんでした。そうじゃなくて、人付き合いが上手い……って言い方がいいのか分からないですけど、誰かと誰かの間にさりげなく立って、こう――」と、玲は空中で糸を結ぶような仕草をする。「二人の心と心を繋ぐのが得意でした。ケンカを止めたり、片思いを両思いに変えたり」

「へえ……春香が」

春香は、幼い頃に母親を失っている。誰かが悲しんでいるところを見たくない。その思いがずっと根底にあったのだろう。家でもそうだった。佑志が落ち込んでいる時ほど、春香は明るく振る舞っていたように思う。

おそらく、家の外でもそのポリシーは変わらなかったのだ。身近で起きたトラブルをなんとかしようとし続けた結果、周囲から頼られるようになったに違いない。望んでそうなったわけではないかもしれないが、そういう風に成長した娘を佑志は誇らしく思った。

「新谷くんなんかも、春香にはすごく感謝してました。彼、高校に入ってからずっと、ある

女の子に片思いしてたんですけど、なかなか一歩が踏み出せなくて。それで、春香に相談したみたいです。その子、別のクラスだったんですけど、高校の食堂でよく会うらしくって、春香とは結構親しかったんです。で、新谷くんとその子が出会うきっかけを作るために、春香の提案で、三人で遊びに行ったんですよ。去年の六月くらいだったかな、確か」

「ふーん。うまく行ったのかい、それ」

「はい。そのあと、二学期の初めに新谷くんが告白して、向こうがオッケーして。今でも付き合ってます」

「そうかあ。あちこちで活躍してたんだな、春香は」

「そうやってお節介ばっかりしてたから、自分の恋愛は後回しにしてるんだとばっかり思ってました。でも、違ったんでしょうね」

玲はどこか寂しそうに呟いた。

その後、一時間ほど春香の話をして、玲と別れて自宅に戻った。学校での娘の一面を知れたことは嬉しかったが、Xについての手掛かりは得られなかった。

佑志は春香の部屋に入り、学習机の上に置いてあった日記を手に取った。

やはり、ヒントはきっと、この中にあるはずだ。

ぱらぱらと日記をめくりながら、今後のことを考える。

自分なりに調べてみると玲が言ってくれたので、学校方面での情報収集は彼女に任せることにした。

今、自分にやれることは何か。方針はすぐに決まった。

どうやら、いよいよ本格的に探偵活動に励まねばならないようだ。

5

翌、日曜日。佑志は品川区にある、東京りんかい水族館へとやってきた。

バスを降りてしばらく行くと、直径三メートルほどの大きな噴水がある広場が見えてくる。その奥の、幅の広い階段を上がった先に、水族館の建物があった。上部が白、下部が水色に塗り分けられており、平たい円柱を縦に積み重ねたような形をしている。波をイメージしているらしいが、見た目はアメリカなどでよくある毒々しい色合いのケーキにそっくりだった。

休日だけあって、辺りは家族連れやカップルでごった返している。佑志は人の流れに乗って、チケット売り場から延びる列に加わった。

春香は昨年の八月三十一日に、Xと共にこの場所を訪れていた。日記の記述では、最後のデートということになる。ひょっとしたら、Xに関する手掛かりが残っているのではないか。

佑志はそれを期待していた。

入場チケットを買い、ゲートをくぐって館内に足を踏み入れる。

最初のエリアには、「日本の川に棲《す》む魚たち」というコンセプトの水槽がいくつか並んでいる。大して珍しい魚がいるようには思えなかったが、来館者は立ち止まって興味深そうに水槽を覗き込んでいた。

今日は魚を見に来たわけではない。水槽から離れた隅の方に移動し、入場してくる人の列が途切れるのを待つ。

団体客がぞろぞろとゲートを通過したタイミングで、もぎりをしている、青い制服に身を包んだ若い女性スタッフに声を掛けた。

「あの、すみません。つかぬことをお伺いしますが、この子を見たことはありませんか。去年の八月の終わり頃にここに来たらしいんですが」

春香の写真を女性に見せる。彼女はじっくりと写真を見て、首を横に振った。

「半年以上前ですと、さすがに……」

もう一人、隣のゲートにいた女性スタッフにも尋ねたが、やはり「覚えていない」という返答だった。がっかりすることはない、と自分に言い聞かせる。毎月、何千何万もの来館者がやってくるのだ。顔写真を見せても何も響かないのは当然のことだ。そもそもこれは、非常に期待度の低い調査方法だ。奇跡的な記憶力を持っているスタッフがいることに期待するしかない。

佑志はメモを片手に歩き出した。当日の春香の行動をなぞるために、日記の記述を抜粋したものを持ってきていた。

館内のマップを確認し、メモの内容と照らし合わせる。どうやら春香とXは、推奨されている順路に沿って回ったようだ。

スタッフの姿を探しながら進んでいく。二番目のエリアには浅瀬の生き物が展示されていた。ムツゴロウや小さなカニ、ヤドカリなどを入れた小型水槽が並んでいるが、泥や物陰に隠れていてよく見えない。春香もつまらないと感じたのだろう。ここはあっさり素通りしていた。スタッフもいなかったので、三番目のエリアに向かう。

薄暗い通路を抜けた先には、熱帯魚を展示したエリアがあった。水槽の中では、黄色や青、オレンジ色をした派手な魚が優雅に泳ぎ回っている。

周りには、若い女性の姿が多い。中には、彼氏を放っておいてアクリルの水槽にへばりついている女性もいる。

女性は小さくて派手な魚を好むものなのだろう。春香も割と長くここに留まっていたらしい。『きらきらしていて宝石のようだった。家で飼ってみたいってXに言ったら、温度管理とかが難しそう、だって。確かにそうだけど……』と日記に書いていた。Xはシビアというか、現実的な性格のようだ。

しばらく待っていると、四十代半ばと思《おぼ》しき男性スタッフが通り掛かった。すぐさま呼び止め、春香の写真を見せる。彼の答えは、「いやあ、最近、若い子は全部同じに見えてしまって」というものだった。

落胆を隠して礼を言い、佑志はその場を離れた。

クラゲエリア、サメやエイなどの大型魚が泳ぐ大水槽、ペンギンエリア、ラッコエリアと順に進みながら、目についたスタッフに写真を見せていく。しかし、誰も春香のことを覚えている人間はいなかった。

そうして時間をかけて展示エリアを抜け、佑志は出口近くの休憩エリアにあるベンチに腰を下ろした。

遠くから、ぼええ、ぼええ、とアザラシの鳴き声が聞こえてくる。吠えている、という表現がぴったり当てはまるけたたましさだ。そんな騒音にも負けず、ベンチの周りでは、小学校低学年の子供たちが声を上げて走り回っている。

ぼんやりとその様子を眺めていると、「俺はまったく無駄なことをしているのではないか」という気分になってくる。本気でXの正体に迫るつもりなら、探偵社にでも依頼した方がずっと早く、しかも確実だろう。自分の時間の使い方は非効率極まりないと言うほかなかった。

「……いいじゃないか、それで」

佑志は喧騒に紛れるほどの小さな声で言った。

館内を歩いているうちに、佑志は気づいていた。これはある種の巡礼なのだと。

仮にXの名前が日記に書かれていたとしても、自分は同じように、一人で水族館を訪れていた気がした。たぶん、そうせずにはいられない気持ちになったはずだ。なぜなら、日記には春香自身の姿が克明に描かれており、その足跡をたどることが可能だったからだ。

日記の記述をなぞることで、彼女が見たもの、聞いたもの、感じたことを体験できる。こうして様々な場所を訪れることで、春香をより深く理解できる。生きていた頃の春香に、少しでも近づくことができる——。

「……来て、よかったよな」

佑志はぽつりと呟いた。ずっと消えていた心の中の明かりが、少しだけまた輝き始めた気がした。ここに、春香は確かにいたのだ。

天井から流れるアナウンスが、イルカショーの開始時刻が近いことを告げていた。当日のデートの最後に、春香が見学したイベントだ。

立ち上がり、順路を逆走しながら、ショーが開催されるプールへと向かった。

半円形の深いプールの周りには、すり鉢状にベンチが並んでいる。二百席ほどのうち、およそ半分が埋まっていた。最前列に陣取ったと日記にはあった。佑志はやや急な階段を下り、一番前の列の空いた席に腰を下ろした。

やがて、スピーカーから軽快な音楽が流れ始める。プールの奥のステージに、黄色いウエットスーツを着た女性スタッフが現れ、「こんにちはーっ」と明るく挨拶をした。いよいよショーが始まるようだ。

佑志は周りを見回した。ショーの最中、イルカはかなり高く跳ねるらしい。プールから飛び出る水しぶきをまともに食らわないように、前の席の客にはレインコートが配られるはずだ。春香の日記にそう書いてあった。

しかし、客席の方にスタッフの姿はない。観客たちも、プールの中を泳ぎ出したイルカを指差して声を上げるばかりで、スタッフを呼ぼうとはしない。そうこうするうち、司会役の女性スタッフは、イルカの名前を紹介し始めてしまう。どうやら、今日は配布は行われないようだ。時間帯や季節によって、ショーの内容が変わるのかもしれない。

佑志は荷物を椅子の下に入れ、プールに目を向けた。

『イルカのジャンプ力、テレビで見て知ってたつもりだったけど、ホンモノの迫力は別次元のすごさだった。いつもは反応が薄いXも、あんぐりと口を開けてジャンプを見てた』

春香の日記の記述を思い出しながら、佑志はイルカたちの演技を見守った。

三匹のイルカたちが、シンクロナイズドスイミングのように息を合わせてジャンプし、空中から吊り下げられたボールを尾びれで思いっきり叩く。空中に、三つのシルエットが躍り、そして同じタイミングで水中へと戻っていく。

大きな水柱が上がり、波となってプールに広がっていった。イルカたちの跳躍は見事なものだったが、客席まで水しぶきが飛んでくるようなことはなかった。

ショーが始まって数分してから、隣の席に一組のカップルがやってきた。佑志はちらりと視線を向けた。若い。おそらくどちらも高校生だろう。二人は遅れてきたことなど微塵も気にすることなく、すぐにイルカショーに熱中し始めた。

女性スタッフが手を大きく振ると、音楽に合わせてイルカがジャンプをする。そのたびに、横から楽しげな声が聞こえてくる。

春香もこんな風に、叫んだり手を振ったりしたんだろうな——。

そう思うと、もうダメだった。待っていましたとばかりに、目の縁から涙があふれ出した。佑志は「あれ、目にゴミが」と言って顔を伏せ、両手でごしごしと涙をぬぐった。

涙で滲む自分の靴を見下ろしながら、いっそのこと、頭から水を掛けてくれ、と佑志は思った。そうすれば、周りの目を気にせずに思いっきり涙を流せる。

しばらくそうしていたが、プールの水は一滴たりとも飛んで来てはくれなかった。限界だった。こらえきれず、佑志は席を立って、顔を隠しながら会場をあとにした。

幸いなことに、誰もがショーに夢中になっていて、泣いている中年男に注意を払う者はいなかった。

6

ベッド下の日記を見つけてから、一週間が経った。その間に、和樹や玲と何度かメールのやり取りをしたが、Xに関する情報は皆無と言っていいほど手に入らず、佑志は娘の情報管理力に舌を巻くばかりだった。

会社の仕事の方は、相も変わらず絶不調だった。会議の開始時刻を勘違いしたり、必要な文書ファイルを誤って削除したり、社外からの電話に、「もしもし須崎です」と言ってしまったりと、周りから、「大丈夫だろうか」と心配されたであろう失敗をいくつも犯した。

集中力は依然として散漫で、「まともだった頃の自分」を取り戻せる目処《めど》は立っていない。いや、むしろさらに悪化していると言うべきだろう。Xと会って春香の話をする。夢の中でも、佑志はそのことばかりを考えるようになっていた。

そして土曜日。佑志はようやくやってきた休日を利用して、東北新幹線に乗り、那須塩原駅へとやってきた。

春香がXと訪れた場所の中で、最も比久奈市から遠いのがアルパカ牧場だった。日帰りで行くのがもったいないくらい、移動に時間が掛かる。もちろん、交通費もだ。春香はアルバイトはしていなかった。貯めていたお年玉から旅費を捻出したに違いない。

宇都宮線に乗り換えて黒磯駅に行き、そこから路線バスで那須湯本まで向かう。バスを降りると、硫黄の臭いがぷんと鼻腔を衝いた。ここは温泉街なのだ。

五月初めから六月中旬までは、「那須つつじ号」という観光スポットを巡るバスが出ているのだが、この季節は特に移動手段がない。春香たちは七月半ばにこの地にやってきていたが、アルパカ牧場に行く手段としてヒッチハイクを選んでいた。Xと二人、行先を書いた紙を持って道端に立っていたらしい。安全確実を好む春香がそんなことをしていたというのは意外極まりないが、Xと二人だったから大胆になれたのだろう。

さすがにそんなことをする度胸はなかったので、電話でタクシーを呼んだ。十分ほどでやってきたタクシーに乗り込み、行先を告げる。

最初はカーブの多い山道を走っていたが、やがて開けた場所に出た。まっすぐ延びた道の左右にはどこまでも草原が広がっていて、遠くのなだらかな山々の頂は残雪で白く塗り潰されていた。走っていると、時々サイロがいくつも並んでいるのが見えた。牧畜をやっているようだ。関東でこんな雄大な景色が見られるということに、佑志は感銘を受けた。

タクシーが、砂利を敷いただけの簡素な駐車場に到着した。料金を払って車を降りる。マイナーな観光地だと高をくくっていたが、停まっている車の数は思ったよりずっと多い。

道の反対側に、「アルパカ牧場」と書かれた看板と小屋があった。入場手続きを済ませ、フェンスで囲われた敷地へと足を踏み入れる。

ウッドチップを敷きつめた道を進んでいくと、フェンスに囲まれた一画が見えてきた。中にはなぜかダチョウがいた。哲学者のような目で、来園者の方をじっと窺っている。視線を合わせると、フェンスを飛び越えて襲われそうな気がして怖かった。顔を微妙に逸らしながら歩いていく。

その先のカーブを曲がったところで、視界が一気に開けた。

「へええ」と、思わず声が漏れた。

背の低い、木の柵で囲われただけのだだっ広い空間に、何十頭ものアルパカがいた。

座り込んで藁をかじっていたり、首を伸ばして来園者を不思議そうに見ていたり、土が体に付くのも構わず寝転んでいたり……アルパカたちはどこまでも自由に暮らしていた。それは実に奇妙な光景だったが、確かな感動があった。

『ふわふわでもこもこのアルパカたちが、のんびりと過ごしているのを見ていると、なんだか外国にやってきたみたいな気分になる』

春香は日記の中でそう書いていた。まったくの同意見だった。日本なのに日本じゃない場所——そんなフレーズが、自然と思い浮かんだ。

しばらくアルパカたちを眺めてから、他の来園者たちと共に歩き出す。

柵で囲われたエリアをぐるりと回る形で通路が作られている。右を見ても左を見ても、アルパカ、アルパカ、アルパカ……。動物の国に迷い込んだのではと不安になるほど、たくさんのアルパカがいる。白、黒、焦茶色、ベージュ、灰色、淡い褐色。その毛色は実に様々だ。

そうして通路を進んでいくと、一頭だけ別の柵内で飼われている、真っ白なアルパカがいた。看板によると、CMに登場したこともある、スター級アルパカらしい。そう言われてみると、確かにどことなく上品な顔立ちをしている。

柵のそばでは、スタッフが記念撮影の案内をしていた。ここで、このアルパカとの撮影会が行われるという。日記の記述通りだ。春香もXと共に記念写真を撮ってもらっていた。

「あの、すみません」

佑志は中年の男性スタッフに声を掛けた。

「はい、なんでしょう」

「去年の七月頃、この子がこちらの牧場に来ているはずなんですが……見覚えはありませんか」

佑志が差し出した写真を見て、「うん？」と彼が首を捻《ひね》る。やはりダメか、と失望しかけた時、「ひょっとして、あの子かな」と男性スタッフが呟いた。

「心当たりが？」

「ええ。たぶん間違いないと思います」と彼が大きく頷く。「ちょっとしたアクシデントがあったんです。撮影の直前に、彼女、スマートフォンの電池を切らしてしまったんですよ。他にカメラも持ってないということだったので、ウチで使ってるデジカメで写真を撮って、あとでメールで画像を送ってあげました。丁寧にお礼の手紙をくれたので、印象に残ってるんです」

佑志は唾《つば》を飲み込んだ。

「その手紙、まだありますか」

「事務所に置いてあると思いますが……」

「差出人の名前を確認してもらえませんか」

「いいですよ。ちょっと待ってくださいね」

男性スタッフが携帯電話で連絡を取る。

「……はい、はい。了解です。どうも。——確認が取れました。須崎春香さん、という方でした」

彼の報告を聞いて、佑志は大きく息をついた。

——ようやく、春香と繋がった。

「……彼女は、誰かと一緒じゃありませんでしたか」

意を決して尋ねた。男性スタッフはしばし考え込んで、「いえ」と首を振った。「一人でしたよ、確か」

「え？　そんなはずはないですよ。男性がそばにいたでしょう？」

「と言われましても……。別行動されてたんじゃないですか」

困惑顔で男性スタッフはそう言った。おかしい、と佑志は呟いた。アルパカ牧場を訪れるために、二人は那須まで足を運んだのだ。途中で離れ離れになり、春香が一人だけでアルパカと写真を撮るなんて、そんなことがあるだろうか。

佑志は疑問を男性スタッフにぶつけた。しかし、何度問い質しても、彼の証言が変わることはなかった。

午後五時過ぎに自宅に戻ると、佑志はすぐさま、リビングに置いてあるノートパソコンを立ち上げた。

すっかり失念していたが、那須からの帰途で思い出したことがあった。春香が使っていたスマートフォンは解約済みだが、本体に残っていた画像データはパソコンに移してある。思い出に触れるのが辛かったので中身は見ていないが、春香が消していなければ、アルパカ牧場から送られてきた写真もそこに入っているはずだ。

頼む、残っていてくれ。

祈るような気持ちでマウスを操作し、目的のフォルダを開いた。画像の数自体は少ない。あまり、友達と写真を撮ったりはしなかったようだ。ぎゅっと圧縮されたサムネイルを一瞥し、一枚一枚拡大して確認していく。

しばらく見ていくと、水族館の外観の画像が出てきた。先日佑志が訪れた場所だ。そうか、こっちもあったか。胸の高鳴りを感じながら、次の画像へと進む。しかし、写っているのは館内の風景ばかりで、Xどころか、春香の姿を撮影したものすら見当たらない。もどかしさに押されるように画像を切り替えていくと、アルパカ牧場の看板を撮影したものが画面に表示された。まさに今日、佑志が自分の目で見た景色だ。

何枚か取ったところでスマートフォンの電池が切れたらしく、次に現れたのは、探していた画像――春香とアルパカのツーショット写真だった。

そこに写っているのは、毛並みのいい真っ白なアルパカと、笑顔でそれに寄り添う春香の姿だけだった。どこにもXらしき男子は存在しない。牧場スタッフの証言は正しかったのだ。

「……どういうことだ？　いや、待てよ……」

春香の日記を手に取り、アルパカ牧場を訪れた日の記述を読み直す。

やはり、記憶違いではなかった。スマートフォンの電池が切れたことを、春香は書き残していない。旅先で起きた思わぬトラブル。普通はむしろ率先して書きそうな出来事なのに、それを匂わせるような文言すら見つからない。自分の失敗を思い出すのが嫌で、あえてなったことにしたのだろうか。

佑志は日記を閉じ、頭を掻いてソファーに寝転がった。

何かがおかしいと感じていたが、考えがちっともまとまらない。悶々としながらも、佑志は日帰り旅行の疲れに引っ張られるように、眠りの世界に落ちていった。

7

ふと目を覚ますと、リビングは真っ暗になっていた。不自然な姿勢で眠っていたせいで、首や肩に痛みがあった。喉もひどく渇いている。

体を起こし、部屋の明かりをつける。壁の掛け時計は午後十時半を指していた。時刻を認識した途端、腹が大きな音を立てた。

胃の調子は悪くないが、食事を作る気にはなれない。コンビニの弁当で済ませようと思い、佑志は上着を羽織り、財布を持って家を出た。

街灯がぽつぽつと点在する、ひと気のない道を一人で歩く。三月の夜気はこんなにも厳しかっただろうか、と考えてしまうほど、今夜は冷え込んでいた。

上空には遮るもののない紫紺《しこん》の空が広がっていて、食べ終わった後のメロンの皮に似た、細い三日月が浮かんでいた。

コンビニまでは徒歩五分ほどだ。佑志はうつむき、Xの正体について考えながら、とぼとぼと路地を進んでいく。

依然として形を成さない、もやもやとした雲のような思考をこね回していると、佑志はふと、何者かの気配を感じた。

息を潜め、耳を澄ます。気のせいではない。いつの間にか、反響する自分の足音に、違う足音が混ざっていた。

足を止め、顔を上げる。

向こうから近づいてくる、奇妙なシルエット。

なんだあれは、と佑志は目を見張った。

街灯の光の中に現れたのは、一頭の白いアルパカだった。

佑志は一瞬、道を間違えてまた那須に来てしまったのかと錯覚した。

アルパカはアスファルトの感触を確かめるように、ゆっくりと近づいてくる。毛並みの良さは同じだが、春香と一緒に写真に納まっていたスターアルパカと、目の前のアルパカには決定的な違いがあった。気品だ。歩調といい、顔つきといい、自然と畏《かしこ》まらずにはいられなくなるような威厳が醸し出されている。

「——人心を惑わせるような、危険な気配が夜風に混ざり始めると、私は春の到来を感じる。君はどうかね？」

聞こえてきたのは、壮年の男性を思わせる渋い声だった。

なんだ、今の声は。誰が喋《しゃべ》っているんだ？　きょろきょろと辺りを見回し、佑志は「うおっ」と身を引いた。アルパカの傍らに、真っ黒な格好をした男が立っていた。顔をすっぽりと包み隠すフードに、足首まで伸びた漆黒のローブ。どこから見ても異様すぎる格好だった。

「そう警戒することはない。この男は私に付き従う者だ。君が無礼な振る舞いに及ばぬ限りは、石のように沈黙を守り続けるだろう。心配は無用だ」

「はあ、そうなんですか」

そう応じながら、佑志は自分の行動に激しい違和感を覚えていた。

どうして自分は、自然にアルパカと会話を交わしているのだ。頭ではおかしいと思っているのだが、視線は声の主であるはずの黒ずくめの男ではなく、なぜかアルパカの方に吸い寄せられてしまう。今、自分はこのアルパカと喋っているのだと、理性を凌駕する大声で本能が訴えてくる。

アルパカは佑志を見据えて、耳をぴこぴこと動かしてみせた。

「私の名はランスロット。謎を解くことが私の生き甲斐でね。巷では、アルパカ探偵などと呼ばれているようだ」

アルパカ探偵。いつか、和樹がそんな話をしていた。完全にファンタジーだと思っていたが、まさかこうして本物と出会う日が来るとは。

「謎と言いますと、ひょっとして私の……」

「いかにも」ランスロットがしかつめらしく頷く。「君からは、実に芳醇《ほうじゅん》な謎の香りが漂っている。さっそく話してもらおうか」

「謎の香り、ですか……。ええと、私には娘がいまして――」

佑志は、娘の日記に登場する彼氏の正体を調べていることを正直に説明した。

「という状況なんです……」

話を終えた時、どこかで犬が激しく吠えた。ランスロットは豊かな毛に覆われた体をびくりと震わせ、音の方向に顔を向けた。

しばらく経っても、ランスロットは動こうとしない。耳をピンと立て、あさっての方角をじっと見ているだけだ。

足元から這い上がってくる寒さに辟易《へきえき》しながら待っていると、「……君には」と、囁くような声が聞こえた。

「はい？」

「君には、覚悟はあるのかね」

「……覚悟、と言いますと」

「君は、娘が守りたかった秘密を暴こうとしている。隠されるはずだった真実。それは美しい薔薇《ばら》のようなものだ。『知りたい』という欲求を満たそうと花弁に手を伸ばせば、鋭い棘《とげ》に傷つけられることもあるだろう。あるいは、君の心に消えない傷を残す可能性もある。Xの正体を知ってしまったとしても、冷静に振る舞う自信があるかね？」

「それは……」佑志はかじかんだ拳《こぶし》を握り締めた。「親のエゴだという自覚はあります。越えてはならない一線を越えようとしていることも、分かっているつもりです。それでも、知らずにはおれないんです。覚悟は充分とは言えませんが、約束はできます。どんな辛いことでもこらえてみせます」

　ランスロットは頭を巡らせ、佑志の瞳をまっすぐに見つめた。街灯の光を映す丸いその目は、濡れた黒曜石《こくようせき》の珠のように艶《つや》めいていた。

「いいだろう。では、Xの正体について説明する前に、非常に重要な前提を伝えておこう。君の娘が遺した日記の記述は、大半が嘘だ。私はそう推理した」

　ほ、と白い息が佑志の口から漏れた。

「嘘って、そんな馬鹿な。スマホで撮った写真の話をしたでしょう。娘は水族館やアルパカ牧場をちゃんと訪れていたんですよ」

「記載されている事柄自体は、確かに嘘ではない。だが、根本的な部分に偽りがある。だから嘘だと表現しただけだ」

「根本的な部分……？　いったい、何のことですか」

「日記の表題だ。『Xとのこと』という表題にこそ、最大の嘘がある。いいかね。おそらく、Xなどという人物はこの世に存在しない。彼女の日記は、架空の恋人との日々を綴ったものに他ならない」

　架空の恋人。いきなり飛び出してきた一言に、佑志は一瞬、言葉を失った。

「……い、いや、どういうことですか。なぜ、そんな結論に」

「いくつか根拠を挙げよう。まず、水族館のイルカショーだ。君の娘は日記の中で、『最前列の観客には、水しぶき対策としてレインコートが配られた』と書いていた。ところが、君が自ら確認した通り、実際はそんなことはなかった」

確かに、その点については佑志も妙だと感じた。しかし、決定的な矛盾と指摘できるほど強い根拠とも思えない。「それは、マニュアルが変わったんじゃないでしょうか。そこまで水が飛ぶことはほとんどないから、レインコートは必要ないと、水族館側が判断したんじゃありませんか」と佑志は反論した。

ランスロットは、歯茎を見せつけるように柔らかい唇をひっくり返してみせた。

「水族館のスタッフにそれを確かめたかね？」

「え。いえ、それは……」

「まあいい。ここで議論しても答えは出ない。もう一つ根拠を述べよう。アルパカ牧場に関する記述だ。私にとっては、到底看過できない、致命的な矛盾だ。いいかね。彼女は、広い敷地内で自由に過ごすアルパカたちを見て、『ふわふわでもこもこのアルパカたちが、のんびりと過ごしているのを見ていると、なんだか外国にやってきたみたいな気分になる』と日記に記している」

「それのどこがおかしいんでしょうか。実際、私も同じ感想を抱きましたが」

「彼女がアルパカ牧場を訪れたのは七月半ばだ」

「七月だと、何か問題が？」

ランスロットはやれやれというように首を横に振った。

「標高が高く涼しい地で生まれたゆえ、アルパカという生き物は毛の量が多い。これは極めて上質な防寒具だが、自分の意思で着たり脱いだりはできない。たとえそれが高原であっても、日本の夏という地獄のような季節を乗り切るにはあまりに暑すぎるのだよ。だから、夏になる前に人間に毛を刈らせるのだ」

アルパカ牧場では、六月の終わり、どんなに遅くとも七月初旬には毛刈りを行う。アルパカ界ではそれが常識中の常識なのだという。

「記念写真に毛の豊富なアルパカが写っていたことからすると、毛刈りを行わなかった個体もいたのだろう。だが、大多数のアルパカは毛が短かったのだから、広い敷地内で過ごすアルパカを見て、『ふわふわでもこもこ』と書くのはおかしい。よって、日記の記述は嘘であると私は推理した」

言われてみれば、気になることは他にもある。春香のスマートフォンに残っていた画像の中には、一枚もXを写したものがなかった。彼氏の写真を撮らないなんてことがあるだろうか？　これもおかしな点の一つだ。

縒《よ》り合わされた糸が太い綱を作るように、複数の違和感が交差し、確信へと変わっていく。ランスロットの推理は正しい。そう結論付けるしかなかった。

「……なぜ、娘はそんな、嘘の日記を書いていたんでしょう」

ランスロットは口先をわずかに上方に向け、「ふぇ〜」と哀切漂う鳴き声を上げた。

「ここから先は推理ではなく想像になるが、君の心の渇望を埋めるために、あえて口にしよう。先ほどから私は『嘘』という言葉を使ってきたが、それは適切な表現ではない。あの日記は、『理想』をしたためたものだったのではなかろうか」

理想、と佑志はおうむ返しに呟いた。

「思うに、君の娘は誰かに恋をしていたのだろう。だが、想いを成就させることがどうしてもできない。その葛藤を抑え込むために、Xという架空の恋人との交際記録をつけ始めた。理想の買い物を書き、理想の食事を書き、理想の旅を書いた。理想ゆえに、水族館のイルカショーでは、最前列で激しい水しぶきをかぶらねばならなかった。アルパカ牧場に行くのは、タクシーではなくヒッチハイクでなければならなかった。アルパカはふわふわのもこもこでなければならなかった。分かるかね。日記の記述と現実との矛盾は、すなわち理想との乖離《かいり》にほかならないのだ」

佑志は額を手で押さえ、夜空を仰ぎ見た。

「そういう……ことだったんですね」

「思春期ゆえの突飛な行動……と言ってしまうのは、いささか傲慢かもしれない。そもそも、年端もいかない少年少女に背負わせるには、恋は重すぎる。あとで思い返した時に、『なぜあんなことを』と感じてしまうような振る舞いに及ぶのもやむを得まい。恋する者の宿命とはいえ、同情を禁じ得ないな」

そう言って、ランスロットは長い睫毛《まつげ》を震わせるように、ゆっくりと瞬きをした。

「……もう一つ、伺っても構いませんか」

「訊こうとしていることは、大体想像は付く。片思い相手の――Xの名を教えてくれと言うつもりだろう」

「知ったところでどうしようもないことですが……親の領分を越えた、身勝手すぎる願いでしょうか」

「人間らしい要求だと私は思う。謎があれば解かずにはいられない。ふふ、私にもそういった一面があるのだが」

ランスロットは楽しそうにその場でぴょんと小さく跳ねた。

「……教えていただけますか」

「いいだろう。Xの名は――」

数秒の溜めを作ってから、ランスロットは小さく口を開けた。

「私には分からない」

意外な返答だった。ここまで、ズバズバと日記の真相に迫っていたのに、急に白旗を揚げるとは。

「ふむ。いささか戸惑っているようだな。では、言葉の真意を説明しよう。『分からない』のではなく、『私が答える意味がない』と言った方が正確だろうな」

「どういうことでしょうか」

「先に述べた通り、我々はすでに推理の領域を離れ、空想の話をしている。彼女の心の中身を解き明かせる客観的な証拠は、もうどこにもない。あるのは、『彼女ならこう考えていただろう』という、主観的な傍証だけだ。そして、それは君の頭の中に確かに存在している。私ではなく。……探偵役は君に譲ろう。君が抱いている疑問を解決するのは君だ。君自身が、一番納得できる答えを見つけ出すのだ」

それは、子供に言い聞かせるような、丁寧な説明だった。

「幸運を祈る。では、私はこれで」

くるりと後ろを向くと、大振りのマスカットのような尻尾を左右に揺らし、ランスロットは軽い蹄《ひづめ》の音と共に去っていった。

闇に消えていく一匹と一人を見送って、佑志は胸に手を当てた。
あの日記を見つけてから——いや、春香の葬儀が終わってからずっと居座っていたもやもやは、もうすっかり薄らいでいた。

8

翌日の昼過ぎ。佑志は再び「グアナコ」を訪れた。

ホットコーヒーを注文し、「もう一人来ますから」とマスターに告げ、奥の席に座る。店内は相変わらず閑散としていた。笛とギターのみで演奏される、寂しい雰囲気の曲が小さな音量で流れている。

前の時は気づかなかったが、壁に一枚の風景写真が飾られている。雪山を背景に、何もない草原がどこまでも広がるその景色は、ひょっとするとアンデス地方ではないだろうか、と思った。どことなく、那須で見た風景にも似ていた。

ぼんやりとその写真を眺めていると、ドアが開く音がした。息を切らせながら、新谷和樹が駆け寄ってくる。

「すんません、遅れました」

「いや、全然大丈夫。悪かったね、呼び出しちゃって。彼女はいいのかい？」

「さっきまで一緒にいました。しばらく話して、今日はそれで終わりにするつもりだったんすけど、オレの用事が終わるのを待つって言い出しちゃって。今頃はきっと、駅の中の書店で立ち読みしてますよ」

「そうかい。じゃ、あまり引き止めないようにしないとな」

喉が渇いていたのか、和樹はコーラを注文した。速やかに運ばれてきたグラスには、櫛形《くしがた》切《ぎ》りにしたレモンが付いていた。

レモンを絞りながら、「それで、何の話なんすか」と和樹が尋ねる。

コーヒーをすすり、「ひとつ、教えてほしいことがあってね」と佑志は静かに言った。「個人的なことを訊いて申し訳ないが、君は今の彼女に片思いしていたことを春香に相談したそうだね。それはいつ頃だったのかな」

「その話、春香に聞いたんすか」

「いや、違うよ。ま、ネタ元は秘密ということで頼むよ。で、どうかな。時期を覚えているかい？」

「あ、はい。四月の、中旬くらいだったと思います。なんか、他のヤツがその子を狙ってるって噂を聞いて、焦っちゃって」

「で、なんだかんだあって、二学期の初めくらいから付き合い始めたと」

「そうっす。それが、何か……？」

「いや、参考までにね」と答えて、佑志はため息をついた。

和樹の証言で確信した。やはり、自分の勘は正しかったのだ。

Xの正体は和樹である。それが、佑志なりの結論だった。

春香の日記は、昨年の四月二十日からスタートしている。和樹からの相談が日記を付け始めたきっかけだったと考えれば、タイミングは合う。

佑志はずっと昔から、春香と和樹が恋人同士になってほしいと思っていた。口には出さなかったが、春香も同じ思い——自分の気持ちに気づいていたかどうかは別として——だったのではないだろうか。

和樹に片思いしていた春香。他に好きな子がいると和樹から聞かされ、彼女はどう思ったのだろう。その時の心境を推測するのは困難だが、その後、春香は和樹に様々なアドバイスを送っている。自分の気持ちを封印しようとしたのは間違いないだろう。

具体性のある、効果的な助言を和樹に与えるために、春香は一人でショッピングモールや水族館に下見に行ったのだ。佑志はそう考えていた。わざわざ時間と交通費をかけて那須のアルパカ牧場に出向いたのは、アルパカ好きの和樹なら、いつかきっとその地を訪れるはずだと予想したからだろう。それもまた、X＝和樹説を強化する傍証の一つだった。架空のデートをわざわざ日記に残したのは、アドバイスをする前に見返すためだったと考えればしっくりくる。

そして、もう一つの疑問。なぜ、春香は現実と異なる内容を日記に書いたのか。

恋する少女の単なる妄想ごっこだったのだろうか。いや、そうではないはずだ。今なら、その真意が分かるような気がした。

理想を形にした日記を書くことは、春香にとっての通過儀礼だったのではないか。そうすることで和樹への想いを吹っ切ろう、と考えていたのかもしれない。春香の足跡をたどることが、佑志にとっての通過儀礼だったように。

「……和樹くん。君は彼女と付き合い始めたことを、春香に話したかい？」

「話しました。向こうから訊かれたんで」

「春香は、なんて言ってたかな」

「よかったね、おめでとうって……そう言ってくれました」

「そうか。喜んでいたのか」

胸にこみ上げてくるものがあった。

和樹のために動き、彼を祝福した春香。その心中を想うと心苦しかったが、同時に誇らしい気持ちにもなれた。素晴らしい娘を持つことができた自分は、本当に幸せ者だった。佑志は心の底からそう思った。

「……ありがとう。よく分かったよ」と言って、佑志は残りのコーヒーを飲んだ。

「あの、おじさん」

「ん、どうした？」

「結局、春香の彼氏が誰だか分かったんすか？」

和樹は真剣な表情をしている。佑志は少し考えて、「ああ、分かったよ」と答えた。

「オレの知ってるヤツっすか」

「……いや」佑志は首を横に振った。「相手は、児童施設でのボランティアで知り合った大学生だったよ。昨日会って、話をしてきた。付き合っていたことを黙っているように、春香に頼まれていたそうでね。あえて見舞いにも葬儀にも足を運ばなかったそうだ。照れ臭かったんだろうな、春香は」

「へえ、ボランティアなんてやってたんすね」

「親にも言わずにね」と佑志は苦笑してみせた。「でも、なかなかのナイスガイだったよ。眼鏡を掛けてて、背が結構高くてね。スポーツマンタイプじゃないけど、すらっとしていて格好良かった。春香は意外と面食いだったのかもしれないな」

「そうなんすか。写真とか、あります？」

「見たいかい？　悪いね、もう、手元には何もないんだ。二人の思い出の品は、全部彼に手渡してきたよ。それが一番いいかなと思ってね」

佑志は笑顔でそう言った。

いま語った彼氏の話は、すべてこの場で考えたでっち上げだった。

Xは和樹くん、君なんだ。春香は、君のために嘘をついたんだよ——。

真実を洗いざらい喋ることは、もちろんできた。だが、春香がそれを望まないことは、誰より佑志が一番よく分かっていた。

「窪川玲さんには、私の方から調査結果を伝えておくよ。あの子もずいぶん気にしてたみたいだから」

「言ってあげてください。生真面目なやつなんで、黙ってたらずっと引きずることになりそうだし」

「うん。そうするよ」

と、そこで和樹のスマートフォンが振動を始める。着信だ。液晶画面を見て、「うわっ」と和樹は眉間にしわを寄せた。

「彼女からかい？」

「そうっす。すんません、電話に出てもいいっすか」

「もちろん。というか、今すぐ彼女のところに行ってあげなよ。今日はありがとう。わざわざ来てくれて」

「いえ、こっちこそ。春香のこと、話ができてよかったっす。じゃ、オレ、もう行きますんで」

　スマートフォンを耳に当てながら慌ただしく店を出て行く和樹を見送り、佑志は座席の背に体を預けた。

　涙は、出なかった。心に吹いた爽やかな春風が、悲しみをどこかへ吹き飛ばしたのかもしれないな、と佑志は思った。

　――春香。大騒ぎしてごめん。……これでよかったかい？

　呟き、佑志は窓の外に目を向けた。

　暖かい春の日差しの中に、白いアルパカの姿が一瞬、浮かび上がった。

　軽く唇を持ち上げ、アルパカは風に吹かれる泡のように、すっと消えていった。

エピローグ

比久奈《ひくな》市の外れに、高い塀に囲まれた一軒の豪邸がある。

季節は四月。塀沿いに植えられた桜は、今日この時とばかりに咲き誇っていた。柔らかい風が吹き、広々とした庭に桜吹雪が舞い踊る。

その家の庭の隅で、青々と茂ったクローバーを食べている、一頭の白いアルパカがいる。アルパカ探偵、ランスロットだ。

ランスロットはもしゃもしゃと口を動かしながら、よく晴れた空を見上げた。

「もう、すっかり春であるな」

壁際に控えていた黒衣の男が、ゆっくりとランスロットに近づいた。ランスロットはちらりと男を見て、再びクローバーの群れをかじった。

男は足を止め、手を差し出した。ひらひらと舞う桜の花びらが、羽を休める蝶《ちょう》のようにそっと手の平に落ちる。

「実にのどかではないか。人間にとっては一番過ごしやすい季節だろうな。私には少し暑いが」

ランスロットは長い睫毛《まつげ》を揺らすように瞬きをして、「ふぇ〜」とひと鳴きした。

「春は別れと出会いの季節。変化の時だ。そして、変化の波は人の心をたやすく揺り動かす。その際に生じるのが、変わりたくない、変わってほしくないという切なる想いだ。想いと想いが交差すれば、そこに齟齬《そご》が生じ、そして謎が生まれる。それらの謎は、素晴らしい香りを放ち始めるだろう」

そこで、ランスロットがぴたりと動きを止めた。

「どうした？　ずいぶん浮かない表情をしているな」

ランスロットが、つぶらな瞳で男をじっと見つめている。男は顔を隠すようにうつむき、小さく首を振った。

「分かっている。お前は心を痛めているのだろう。我々が遭遇した人々は、みな悲しみを抱えていた。同じ想いをする者がまた現れることが辛いのだな」

男は、注意して見ていなければ分からないほど、微《かす》かに頷《うなず》いた。

「……確かに、時には苦い謎もある。人を困惑させ、悲観的な想像を生み出し、決して戻れない過去への後悔を強要する。しかし、それは他者との繋《つな》がりによって生きている人間の背負った宿命でもある。生はすなわち謎であり、謎はすなわち生である。誰かと共に生きていく以上、決して避けられないものだ。だからこそ、私は積極的に謎を解くのだ。種を超え、謎という枷《かせ》から自由でいられる存在であるがゆえに、私は客観的な立場にいることができる。探偵として、人々を救うことができる。彼らが抱えてしまった痛みを、取り除くことができるのだ」

黒衣の男は、噛《か》み締めるように、じっとその言葉を聞いていた。

やがてため息を落とし、男が顔を上げた。フードの下の表情は窺《うかが》えないが、男の目には天国の景色を思わせる、春の庭が映っていた。

「――む？」

と、そこでランスロットが顔を左右に動かし始めた。

ランスロットは立てた耳を動かし、鼻をひくひくさせる。

「神は私の言葉を聞いているのだろうか。かぐわしい謎の香りが、さっそく漂い始めたではないか。うむ、近いぞこれは」

待ちきれないというように、ランスロットが芝生を蹄《ひづめ》で掻《か》く。

黒衣の男はランスロットに寄り添い、首輪に繋がった革紐《かわひも》を手に取った。

「よし、ではゆこう。新たな謎が我々を待っているぞ」

ランスロットと男が歩き始める。

風が吹き、まるでそのゆく道を祝福するかのように、盛大に散った桜の花びらが彼らを包み込んだ。

本作品は「パピルス」ｖｏｌ．60に掲載された第一話に、第二話～第五話、エピローグを書き下ろしてまとめた文庫オリジナルです。

幻冬舎文庫

●好評既刊
恋する創薬研究室
片思い、ウイルス、ときどき密室
喜多喜久

冴えない理系女子が同じ研究室のイケメンに恋をした。だが、ライバル出現、脅迫状、実験失敗と、試練の連続。男女が四六時中実験室にいて、事件が起こらぬわけがない！　胸キュン理系ミステリ。

●最新刊
ひぐらしふる
有馬千夏の不可思議なある夏の日
彩坂美月

実家に帰省した有馬千夏の身の回りで次々と起こる不可思議な事件は、はたして怪現象なのか、故意の犯罪なのか。予測不能、二重三重のどんでん返しが待ち受ける、ひと夏の青春ミステリー。

●最新刊
UGLY
加藤ミリヤ

個性的な顔立ちとファッションで一躍ベストセラー作家となった21歳のラウラ。大学生ダンガと出会い強く惹かれ合う一方、デビュー作は超えられないという編集者の言葉に激しく動揺し——。

●最新刊
はるひのの、はる
加納朋子

ユウスケの前に、「はるひ」という我儘な女の子が現れる。だが、ただの気まぐれに思えた彼女の頼み事は、全て「ある人」を守る為のものだった。切なくも温かな日々を描いた感涙の連作ミステリー。

●最新刊
人形家族
熱血刑事赤羽健吾の危機一髪
木下半太

異常犯罪を扱う行動分析課の刑事・赤羽健吾の前に、連続殺人鬼が現れた。犯人は、被害者に御馳走を与えてから殺し、死体をマネキンと並べて放置する。犯人の行動に隠されたメッセージを追え！

アルパカ探偵《たんてい》、街《まち》をゆく

喜《き》多《た》喜《よし》久《ひさ》

平成28年4月15日　初版発行

発行人——石原正康
編集人——袖山満一子
発行所——株式会社幻冬舎
〒151-0051東京都渋谷区千駄ヶ谷4-9-7
電話　03(5411)6222(営業)
　　　03(5411)6211(編集)
振替00120-8-767643
印刷・製本—中央精版印刷株式会社
装丁者——高橋雅之

幻冬舎文庫

ISBN978-4-344-42457-9　C0193　き-29-2

幻冬舎ホームページアドレス　http://www.gentosha.co.jp/
この本に関するご意見・ご感想をメールでお寄せいただく場合は、comment@gentosha.co.jpまで。